Jean-Daniel Baltassat est l'auteur de plusieurs romans publiés sous son nom propre, dont *Le Galop de l'ange* (prix Jean-d'Heurs du roman historique), *Bâtards* (prix Léonard-de-Vinci), *De beaux jours pour aimer* et *Le Divan de Staline*. Il est co-auteur de la trilogie *Incas*, parue sous le nom de A.B. Daniel. Il a collaboré à de nombreux essais et scénarios.

Jean-Daniel Baltassat

LE VALET DE PEINTURE

ROMAN

Robert Laffont

TEXTE INTÉGRAL

ISBN 978-2-7578-3638-5
(ISBN 2-221-09286-4, 1re publication)

À Nathalie,
son dictionnaire
et sa queue de singe.

À la mémoire de Sylvie Vivaudou,
qui a longtemps attendu ce livre.
Trop longtemps.

« Voilà qu'un jour d'octobre pluvieux je me trouve aux côtés de Jean-Luc Godard. On se promène au bord du Léman. Il pleut d'abondance. Le jet d'eau se confond avec le déluge. Godard me saisit le coude et me conduit sur un banc face au pont du Mont-Blanc. Le visage tout ruisselant il m'assène : "Il n'y a qu'une chose à savoir et c'est Bresson qui l'a dite : les sentiments doivent engendrer les événements et non l'inverse." »

Angus Farel,
L'Almanach des vertiges.

PREMIER PANNEAU

La *Mappa Mundi*

1

On peut imaginer que cela commence ainsi, un jour de septembre 1428.

Orléans n'est pas encore assiégée par les Anglais. Celle que l'on appellera Jeanne d'Arc est transie par des paroles qu'elle est bien seule à entendre. En Artois, la fin de l'été calcine l'air du dehors comme celui du dedans. Dans un pavillon de chasse du château de Hesdin, le soleil d'avant le crépuscule éclabousse le carrelage d'une alcôve et fouille les draps. Là, Philippe, duc de Bourgogne, comte des Flandres, régent de Hollande, Zélande et Brabant, seigneur de l'Artois, du Nivernais et de la Franche-Comté, respire avec délices la toison d'or de Maria Van Crombbrughe.

Les poils odorants de sucs et de sperme ploient au gré de son souffle. Il admire avec une attention d'enfant la progression dorée du soleil sur les cuisses de la femme qu'il vient de dénuder. Le tonnerre gronde, lointain, guère plus bruyant que les gargouillements qui serpentent dans le ventre de la courtisane. Invisibles dans le rectangle de ciel découpé par les linteaux, des nuages de suie glissent sur les carreaux de la croisée comme s'ils provenaient d'un autre monde.

Le duc patiente, immobile, l'œil demi-clos. Son torse pèse sur le ventre de Dame Crombbrughe. Elle n'ose pas rire, bien que le désir lui en vienne.

L'obscénité de leur position est embarrassante. Du duc, elle ne voit que le vaste dos recouvert d'une chemise. Elle qui est nue. Elle pourrait ouvrir ses cuisses en grand, offrir au prince la vue entière sur ce qui le fascine. Être tout à la fois l'écrin et le joyau. Ce n'est pas la pudeur qui la retient mais la peur de faire preuve de trop d'initiative.

Elle repose ses paumes sur ses seins et ferme les paupières. Attentive à son tour à la brûlure qui remonte le long de ses jambes.

Ce n'est qu'à l'instant où le feu du soleil atteint le buisson du sexe que la poigne du duc s'avance et le recouvre.

Ainsi, dessous sa main comme dessus, en un même temps, Monseigneur peut goûter la dualité de l'univers : l'humidité féminine du désir et le brasier aride de la nature.

Il songe : « Il y a Dieu et après il y a moi. Tel est le vrai. »

Ses doigts de chasseur se courbent, s'enfoncent dans l'or moite de la fente. Le ventre de Dame Maria frémit. Cette fois, sans une hésitation, les cuisses s'ouvrent. Une obéissance qui réjouit le duc Philippe autant que la fidèle renaissance de son membre.

2

En cette année-là, le duc Philippe a trente-deux ans. Par sa généalogie, il est si abondamment prince et seigneur que le sang de Charlemagne et de Saint Louis coule jusque dans le bleu ses veines.

Son caractère illustre sa souveraine puissance : noble, preux, chevaleresque, courageux et orgueilleux. Son apparence érige les lois de la beauté. Long de corps autant que de nez, étroit de taille et mat de peau, les muscles endurcis par le maniement des lances, des masses et des épées. Sa bouche, mince pour la lèvre du haut, courte et très dessinée pour celle du bas, apparaît toujours rose, parfois sanglante. Irritée en permanence dirait-on par le désir de mordre ou baiser. Bien qu'une mâchoire étroite lui allonge le visage à l'excès, noie son menton dans la mollesse de bajoues précoces, on lui accorde, de pied en cap, une grâce exemplaire. Une beauté et une puissance si bien entremêlées que nul ne sait plus, pas même lui, laquelle engendre l'autre.

Et pour cause. Il n'en est qu'un, lui, Philippe, héritier de la maison de Bourgogne, à décider du beau ou du laid. Telle est sa puissance.

Il en cueille avec gourmandise les effets dans les singeries des courtisans. Fidèles ou cruels, seigneurs et vassaux aspirés par les reliefs de son pouvoir, ils sont des dizaines à mimer sa raideur, ses tenues et ses caprices.

Cependant, toujours l'imitation demeure inaboutie. Disséminée sur les uns et les autres comme une volée de grains soumise au hasard du vent. Qui dans la voix, qui dans le froncement de sourcil, dans le revers de marte du manteau ou la teinte des chausses, le drap anglais du pourpoint. Mais rien de plus.

Nul n'oserait le sacrilège d'une contrefaçon achevée. Seul Monseigneur le Duc peut rassembler sur sa personne toutes les perfections d'ici-bas.

Il y a Dieu et, après, il y a moi.

Sans compter que pour le jouir de la puissance et de la beauté, il y a mieux encore que les courtisans. Il y a le somptueux miroir des femmes. Femmes de cour ou de lits, veuves, infidèles, femmes de cris, donzelles de plaisirs, petites ou grandes, femelles passives ou inventives, qu'importe. On prend selon l'humeur et le goût du changement. Pas besoin de les forcer, pas même de les séduire. Les regarder suffit. Il en vient tant ! Dieu me pardonne car il m'est témoin : plus il s'en couche dans mon lit et plus il en vient ! Tant et tant qui nous abordent avec déjà dans les prunelles cette inquiétude d'avoir à succomber. Leurs lèvres tremblent et leur voix devient plus lente. Comme si les mots irisaient leurs ventres avant de quitter leurs bouches. Leur chair s'ouvre à moi avec tant de docilité que je me prends à être leur printemps. Dieu sans doute le veut. Sinon, pourquoi me faire bander avec une si grande force ? À ce qu'on m'assure comme aucun autre seigneur.

Car il n'est que deux choses qui peuvent gâcher l'humeur de Monseigneur de Bourgogne : l'opinion de Dieu sur ses innombrables copulations et la paix de son membre.

Pour le reste, avec une minutie de jardinier, il entretient la belle image de son rang et de son sang, l'un et l'autre pour ainsi dire concentrés en sa chair et sa silhouette comme la lumière dans une gemme. Avec tant de satisfaction que, malgré la pudeur et le devoir d'humilité imposés par la loi divine depuis la faute d'Ève, il aime, dans le secret de ses ruts, s'exhiber nu à ses maîtresses.

3

Nu, il l'est en ce jour de septembre à l'approche du crépuscule, bien qu'il se tienne debout près de la croisée. De dos, offrant son cul étroit et ferme à Dame Crombbrughe que la canicule et son ardeur ont, à l'instant et pour la troisième fois de l'après-midi, recouvert d'un semis de sueur. Il se tait, le visage levé vers le ciel.

Comme ce silence lui pèse, avec précaution, afin que cela ne paraisse pas un reproche mais un amusement, Dame Crombbrughe murmure :

« On dit de vous, Monseigneur, que vous êtes le prince le plus durement lubrique de la création. Ce n'est que vérité, j'en peux témoigner. »

Une phrase qu'elle a longtemps tournée dans sa cervelle avant de la prononcer.

Il ne fait pas mine de l'entendre. Se grattant l'aine, il baisse son regard et scrute l'horizon. Les nuages d'orage se sont boursouflés. Ils partagent maintenant le ciel en deux parts égales. L'ouest demeure d'un bleu parfait. L'air y vibre comme une onde sur les forêts et basses collines à peine assez vastes pour contenir l'énormité du soleil qui cherche à s'y engloutir. L'est n'est que ténèbres, obscurité de tourmentes, poix des cieux lacérés de foudres. Ainsi qu'une armée de cuirasses soudées, les nuages y progressent d'un même front avide. Pourtant, ici-bas la fournaise du jour mourant cogne toujours contre les pierres du pavillon, accable l'air de poussières odorantes, brisures d'orge et de seigle, ivraies de foins piétinés et urine de cheval. Le grésillement des criquets tinte avec une transparence de cristal.

Sous la fenêtre, un prince ne courant jamais seul ses chasses, surtout celles du sexe, s'ébroue une grosse poignée de valets, de grands et petits seigneurs. On y tient déjà les chevaux par la bride. On y aperçoit Monseigneur à la croisée. On crie qu'il reste peu de temps avant de pouvoir rejoindre le château sans se faire tremper jusqu'à l'os ni prendre le risque d'être foudroyé.

« En ce cas, qu'avez-vous à rester dehors pour recevoir la saucée ? se moque le duc. J'ai un toit sur la tête et toute l'abondance d'une femme dans mes draps. Qu'irais-je faire sous l'orage ? Dieu ne nous demande pas de nous faire grenouilles. »

Il néglige les rires. Tournant à demi le torse, d'un geste discret du pouce, il trace le signe de croix sur sa poitrine. Songeant à nouveau : « Il y a Dieu et après il y a moi. » Cette fois, cependant, sans aucun orgueil. Le front incliné.

Le relevant, il croise le regard silencieux de Dame Crombbrughe. Encore incertaine. Inquiète peut-être, cherchant à lui plaire à nouveau bien que sa beauté puisse la dispenser de cet effort. Ainsi qu'on vient de le dire : toute la foison du Nord en seins, hanches et pulpe de lait. Dame Vénus en personne. Au premier coup d'œil, en écho de cette chevelure de rousse qui lui noie les épaules, il a imaginé la touffeur de son sexe. Une Toison d'or dont il est, jusqu'à satiété de son plaisir, l'Ulysse endurant.

Dame Crombbrughe devine ses pensées. Un rire roule entre ses lèvres de bouche autant qu'entre celles de son sexe.

« Toute l'abondance d'une femme ! »

Elle ajoute :

« Rien ne me ravit tant, Monseigneur, que de vous voir vous en rassasier. Mais hélas… »

Mine de comédie, grimaces que l'on connaît comme les pages d'un bréviaire.

« Mais hélas ? » soupire le duc avec ce qu'il faut d'agacement dans le ton et le menton. Dame Crombbrughe sait prendre le temps de soigner sa réponse :

« Oui hélas, Monseigneur. Ce jour est le plus beau et le plus triste depuis ma naissance. Dans la même heure, ce matin, j'ai appris que vous vous désigniez une nouvelle épouse et que vos draps m'étaient ouverts. »

La voix basse et le regard sans ironie.

Il se demande s'il doit sourire ou consoler. Il choisit de se taire. Ce qu'il voit ne nécessite point de mots. Accoudée sur le bras droit, Dame Crombbrughe tend la main gauche vers lui, la paume ouverte et déployée autant que son désir. Le buste contraint par une torsion qui accroît un peu plus la rondeur de ses seins, les jambes à demi pliées, la hanche soulevée dans un mouvement de marche, elle offre l'illusion qu'elle va élever dans l'air toute sa beauté luxuriante ainsi qu'une danseuse libérée des pesanteurs de l'univers.

Une manière d'ange. S'offrant elle-même. Sans restriction aucune, jusqu'au tréfonds de la chair ou de l'âme. Pareille à une pomme qu'elle aurait posée sur sa paume tendue et dont elle aurait voulu qu'il dévore jusqu'aux pépins.

La pensée qu'il puisse demander à Maître Johannes de peindre Dame Crombbrughe dans cette posture coïncide avec le bruit soudain de la pluie. Des gouttes dures et larges s'écrasent sur les dalles de la cour. Un fracas de grêle. Un éclair éblouit la pénombre qui rôde aux angles de la chambre. Sans le temps d'un répit, le tonnerre ébranle le sol et les murs. Les baldaquins vibrent. Un gobelet d'étain tombe, il y a des cris au-dehors. Dame Crombbrughe quitte sa pose. Elle s'assoit sur le lin froissé de la couche, le regard tendu vers la fenêtre, prête à affronter la queue qu'un démon pourrait y agiter. Le duc remarque dans ses yeux plus de curiosité que d'effroi, les bras repliés sur sa poitrine, les paumes enfermant des pointes de seins qu'elle a aussi larges qu'un pouce et si dures qu'un nouveau-né aurait du mal à y boire sa substance.

Mais bavarde soudain.

Assurant qu'elle aime les orages. Surtout ainsi, quand il fait très chaud et que l'on est dans un abri sûr. Oui, surtout en un moment comme celui-ci, Monseigneur, où la vigueur d'un prince peut s'allier à celle des cieux.

Tournant le dos au déluge, à son tour il s'assied sur le lit. Alors qu'elle reprend son caquetage, il la fait taire. Il repousse les paumes qui cachent les seins. Il en saisit les tétons entre ses pouces et index, ainsi qu'on le fait d'une flèche que l'on met à bander dans l'arc.

« Vous avez de bonnes et belles oreilles, dame Maria. Outre le reste. Il est vrai, mon veuvage touche à sa fin. Il est bien temps que la semence de Bourgogne assure ses lendemains. »

Des mots de froide distance, d'une fermeté toute pareille au roulement de ses doigts qui tirent à dame Crombbrughe des frissons de douleurs serpentines. Comme si tous les nerfs de son corps s'unissaient dans ses mamelons. Elle souffle :

« Sera-t-elle belle ?

– Elle sera mon épouse. »

Un rire accompagne la réponse. Dame Crombbrughe se mord les lèvres. La douleur n'est plus serpentine. Dehors la pluie tombe désormais avec régularité. Une nasse grise aux traits serrés où la lumière et la fournaise du jour se dissolvent sans tendresse. Avec un effort héroïque pour réprimer les tremblements qui frissonnent de son ventre à sa nuque, Dame Crombbrughe insiste dans un murmure de capitulation :

« J'ai entendu le nom de l'infante du Portugal, Doña Isabel. »

Les doigts cessent leur jeu. Avec une vivacité qui suggère un sourire au duc, Dame Crombbrughe se renverse sur le ventre, tétons hors d'atteinte.

« Que vous importe qui elle sera, ma mie ? Sa mine, hélas, comptera moins que ses ancêtres. Ces épousailles vont emprunter tous les méandres de la politique. Il y faudra du temps et de la sagesse. Si Dieu vous aime, dame Maria, nous n'en avons pas fini vous et moi. »

De la paume, il flatte la croupe qu'on lui offre. Un grain de peau plus fin qu'une batiste. Un lait de chair sans défaut. Il doit s'incliner pour en faire le tour, embrasser cet orbe à peine tranché par l'entaille des fesses, si parfaitement rond que l'on pourrait y dessiner le monde en entier. Un globe de rêve. Assez semblable, à vrai dire, à cette *Mappa Mundi* commandée à Maître Johannes, son valet de peinture.

Un vrai globe celui-là, parcouru d'océans et de continents. Enluminés de pays, de fleuves, de montagnes et de rivages semblables à la face de l'Univers que Dieu seul peut voir ! Une extravagance. Une machine à illusions d'une autre puissance que le globe de Dame Crombbrughe, si attirant soit-il. Plus inusable et grandiose. Plus apte à stupéfier les yeux les plus rassasiés.

Il songe avec délices, Monseigneur, à l'instant où, devant sa cour assemblée, de la paume et du regard il parcourra sur cette *Mappa Mundi* les contrées les plus inconnues, les possédant d'une étreinte aussi désinvolte que celle qu'il accorde à l'instant au cul qu'on lui tend.

Alors sa bouche s'enfouit à nouveau entre les fesses de Dame Crombbrughe, quête dans les lèvres liquides du buisson d'or le divin abreuvoir du monde.

Il y a Dieu et, après, il y a moi.

4

La *Mappa Mundi*, Johannes, lui, la contemple dans son ébauche. Plus volumineuse que l'imagine Monseigneur le duc : une sphère de la taille d'un homme posée sur des tréteaux dans son atelier du palais ducal de Lille.

L'enduit ne recouvre qu'un tiers des panneaux de chêne. Craie et colle en deux couches superposées que pas un coup de pinceau n'a encore effleurées. Des fils de coton noirs relient des clous plantés aux pôles. Un réseau d'apparence absurde pour celui qui ne sait le lire. Pour l'heure donc, un joyau d'ébénisterie mais pas encore un ouvrage de peinture. Encore moins de géographie ou de cartographie.

À dire vrai, une *Mappa Mundi*, nul encore n'en a peint.

« Vous seul, maître Johannes, en êtes capable, a assuré Monseigneur le duc avec une ferveur qui affirmait autant un désir qu'un ordre. Vous seul, maître Johannes ! »

En pointant son index sur ma poitrine de valet de peinture. Le sourire aux lèvres.

Peut-être.

Moi, Johannes Van Eyck. Bientôt trente-cinq ans, un corps dans la puissance de l'âge mais pas seulement.

Un corps qui contient déjà vingt années de savoirs et d'expériences. Des milliers de jours et de nuits à broyer des pigments, à étudier leur transformation au contact des œufs, des huiles, des enduits, des résines, des siccatifs. Autant d'heures à tenir le pinceau pour créer des images qui vous pénètrent dans l'âme plus vite que dans les yeux.

Vingt années passées à apprendre.

Auprès d'Hubert d'abord, mon maître tout autant que mon frère. Puis apprendre dans les ouvrages des philosophes, des savants alchimistes, géomètres ou algébristes. Apprendre dans les voyages, les paysages, dans la conversation avec sa propre cervelle. Peindre des plafonds, des boiseries, des encorbellements, des meubles, des murs, des chambres entières de palais. Peindre des visages, des jardins, des villes, des ciels, des anges, de la lumière, du velours, du verre. De la chair, de l'or et de l'argent. Jusqu'à dépasser tous les autres artisans de peinture. M'obstiner sans relâche jusqu'à ce que mes lignes, mes mains, mes bouches, mes maisons, mes arbres, mes roses et mes brins d'herbe atteignent la perfection de la nature engendrée par la volonté divine. Que leurs teintes soient celles que le soleil et la pluie dévoilent. Qu'on s'y trompe aussi bien que dans le poli parfait d'un miroir on prend le reflet pour la réalité.

Non, mieux que cela ! Pas de tromperie. Autre chose.

Tout ce temps, toute cette vie à regarder le monde tel que Dieu le veut. À tenter de comprendre comment, dans une seule image peinte, on peut en faire, non pas la copie, mais l'écho.

Non que j'y sois parvenu déjà. Je n'ai pas la vanité de le croire. Pas en entier. Pas en un seul ouvrage. Mais ici ou là, je peux l'affirmer, j'ai su réduire l'écart entre la reproduction et le réel. J'ai surmonté les maladresses d'Hubert, qui en avait pourtant fort peu dans l'année de sa mort. Égalant nos maîtres de Bruges, de Gand ou de Tournai. Peut-être même les maîtres qui œuvrent en Italie, à Florence ou Sienne. Cela, on ne le sait pas.

Jusqu'à ce que Monseigneur Philippe pointe le doigt sur moi et déclare : « Je vous veux, maître Johannes. Vous serez mon valet et vous peindrez comme vous l'entendrez ce que je vous demanderai. »

À quoi j'ai répondu :

« Je ferai de mon mieux pour vous servir, Monseigneur. »

« De mon mieux », ainsi qu'il est écrit sur chacun des ouvrages achevés en mon atelier.

Cependant Monseigneur se trompe.

La *Mappa Mundi* nécessite de l'habileté et beaucoup de science. Et des pâtes de couleur d'une souplesse et d'une finesse qui n'existe pas encore. Mais ce ne sera jamais qu'un exercice.

Un jouet ridicule à côté du monde véritable.

Le peindre est ailleurs.

Peindre ce que l'on ne sait pas peindre. Montrer le monde comme on ne l'a encore jamais vu, sans le déformer ou le voiler d'imaginations grotesques ni de maladresses.

Atteindre en une image, pareille à une fenêtre béante sur l'univers, l'infini du grand et du petit, ainsi qu'il est offert à l'âme humaine.

5

« Fermez les fenêtres ! L'humidité va gâter les enduits. »

Les apprentis se précipitent. Leurs sabots sonnent sur le plancher.

Les barres pivotent dans les équerres de fer. Le vacarme de la pluie s'estompe.

L'atelier ressemble à un entrepôt. Cela sent l'huile, la terre et la mer. Dans un angle, des caisses semblables à des cercueils contiennent des coquillages et de la craie. Les murs disparaissent derrière des étagères surchargées de pots et d'outils à lame. Des fagots de plumes d'oie, de bécasse, de coq de bruyère ou même de corbeau débordent des coffres d'osier. Des planches de beau chêne se dressent par ordre de taille au côté des jarres de pigments et des chevalets supportant les ouvrages inachevés. Entre des tentures disparates pendent des queues d'écureuil. Sur les tables, des rouleaux de parchemin et de papier, que le vent de l'orage faisait frissonner, s'immobilisent.

La lumière est souple, lente comme une coulée de mercure.

Les apprentis se retournent avec précaution.

Leurs yeux fuient Johannes.

Il a travaillé sans s'interrompre des heures durant. Un

essai avec des pigments de couleurs amalgamés dans une huile siccative de sa composition : de la résine de Java allégée avec une corruption de benjoin et diverses essences. Cela dans un équilibre et une quantité qu'il tient secrète. Sans œuf ni autre liant, sur une tablette de chêne, encollée de craie mêlée d'un peu de cire d'abeille tiédie.

De fins à-plats, tirant la pâte d'un seul mouvement du pinceau. Patientant quelques secondes entre chaque glacis. Parfois un peu plus, afin que l'enduit absorbe la couleur.

Puis recommençant.

Le vert du velours est devenu celui d'une eau stagnante. Le brun de la fourrure a pris la chaleur du bois ciré et des reflets de cuivre. L'éclat du blanc de plomb s'est étouffé d'ocre jaune pour la chair de la main. Les pâtes ont composé les unes avec les autres, conservant souplesse et luminosité alors même que Johannes passait et repassait son pinceau.

Le vert de la tige de l'œillet, vert sur les plis du velours vert, est devenu diaphane et cassant. La lumière a creusé les ombres du velours, gonflé ses plis lourds. Sont apparus les tendons sur le dos de la main, les fines rides entre les doigts, aux jointures. Les apprentis ont retenu leur souffle. Quelques poils sur les phalanges, les lunules sous la transparence des ongles. Et dessus, dans le brillant de la corne, le reflet de la lumière.

Une main d'homme de trente ans.

Plus apte aux armes qu'aux outils ou aux pages d'un livre. Des doigts puissants qui pouvaient cependant caresser et retenir leur force autour d'une tige d'œillet.

Ensuite Johannes a peint les poils de la fourrure, la trame dans le velours damassé de losanges. L'œillet, alors, et sans qu'il y touche, a concentré dans la finesse de ses pétales dentelés une lumière si vive qu'ils purent croire qu'un soleil brillait au plafond de l'atelier.

Ce qu'on avait là sous les yeux, nul peut-être ne l'avait encore vu.

Johannes souriait, la bouche ouverte.

Un long moment la tablette est passée de main en main. Johannes avait réclamé d'autres pigments, une autre tablette, le modèle d'un visage. Tandis qu'on s'agitait avec enthousiasme, un apprenti, le dernier à pouvoir contempler l'essai, s'était écrié :

« Maître ! »

D'abord dans les bruns.

Un voile ambré.

Puis dans les verts.

Une sorte de rosée.

Souillant les blancs les plus purs.

Des gouttelettes incrustées sous les ongles, cernant les pétales de l'œillet, amollissant sa tige translucide. La pourrissant sous leur regard.

La préparation se désolidarisait.

Johannes inclina la tablette. De minuscules rigoles dans les ombres les plus denses du velours. Des poils de fourrure, qui tremblent comme des vermisseaux dans une charogne.

Dehors la pluie redoublait, poussant dans l'atelier l'air rafraîchi d'une canicule qui s'achevait.

Le compagnon avait dit :

« Il faudra revenir à l'ancienne manière, lier les piments avec le jaune d'œuf avant d'ajouter l'huile siccative. Sinon cela ne marchera jamais. »

Johannes ne s'était pas donné la peine de répondre. Il avait quitté son tabouret, agité les mains en direction des apprentis avant de se frotter les paupières, douloureuses de trop belles visions.

« Fermez les fenêtres ! L'humidité va gâter les enduits. »

6

Dix doigts frais et fins se referment sur ses paupières. Un souffle tiède dans son cou, contre son oreille. Une poitrine pressée contre ses épaules.

« Que fais-tu ainsi, seul dans le noir ? »

En même temps que les mots, un baiser effleure son oreille.

Marguerite.

Johannes respire son parfum. De la bergamote à laquelle elle ajoute de la civette d'Orient en grande quantité. Un parfum trop violent pour une femme d'à peine vingt ans. Mais il n'est pas né celui qui détournera Marguerite de ses volontés.

Elle se redresse, s'agite, s'éloigne déjà.

« Quelle infection ! Pourquoi n'as-tu pas ouvert les fenêtres ? Il ne pleut plus depuis longtemps. »

Il fait nuit aussi. L'atelier est une grande fosse d'ombres. Une lampe à huile est allumée, posée sur la table du scriptorium, à côté du pichet de vin et du gobelet d'étain.

Marguerite plonge dans la pénombre. On entend le bruissement de sa robe. La barre des fenêtres grince. Dehors il y a du vent.

C'est vrai, l'atelier empeste plus que jamais. Avant de partir les apprentis ont rentré une bassine où des os et de la couenne de porc ont cuit des heures durant. Une mixture qui finira par devenir de la colle. Une puanteur à laquelle il est impossible d'échapper. Une saveur molle de putréfaction qui s'englue contre les narines et le palais à chaque respiration. Mais Johannes n'en est jamais dégoûté. Il y trouve une étrange protection. Une paix, ainsi que l'enfant qui s'enivre de la sueur maternelle, du sucré d'un sein ou de l'acidité des larmes.

Marguerite allume un gros chandelier à miroir dont on se sert lorsqu'il faut travailler la nuit. Les trois flammes multipliées par leurs reflets éclairent la chair pâle de ses bras. Sa gorge est cernée par une couronne de dentelle, ses lèvres entrouvertes sur un sourire. Elle ne porte pas de coiffe. Un ruban de soie verte tire ses cheveux sur ses tempes. Des peignes de bois retiennent ses mèches sur sa nuque. Une nuque pas plus large que le poignet d'un homme. Une taille de lierre masquée par la surcotte de lin vert bronze ajustée sous la poitrine. L'attache du cou, la naissance des épaules dénudée par le décolleté suffisent pour que l'on devine la courbe du ventre qui se prolonge en hanches et cuisses. N'était la longueur du nez, qui devinerait que tu es ma sœur ?

Elle approche le chandelier.

« Ne me regarde pas ainsi ! »

La beauté d'une femme naissante conduit-elle à Dieu ou au Diable ?

« Ils se trompent, dit Johannes, j'y suis presque. Le miracle est pour bientôt. »

Elle fronce le sourcil, ne comprend pas qu'il parle de l'huile siccative, des apprentis et du compagnon.

« Bientôt, j'obtiendrai des pâtes de couleur comme personne encore n'a pu en travailler. »

Elle dépose le chandelier sur la table, découvre la tablette d'essai. Sa ruine. Une sorte de vernis opaque a recouvert l'image de la main et l'a flétri d'un millier de ridules. Johannes voit sa grimace. Il sourit et répète :

« Ils se trompent. Ils ne savent pas voir. J'y suis presque. Le miracle est pour bientôt. »

Marguerite verse un peu de vin dans le gobelet. Elle s'assoit sur les genoux de Johannes, boit une gorgée. Il ne respire plus que son parfum. Il la tient enlacée. Sa main ramène les plis de la robe sur le ventre. À travers les tissus, robe et chemise, il sent battre son sein. Chaque coup d'un cœur de jeune animal affamé.

Marguerite fait l'enfant, presse sa joue de soie contre la sienne, rêche de barbe. Johannes ferme les yeux. Le dos, les hanches, les fesses, les cuisses de Marguerite l'enveloppent comme un ciel se pose sur la courbe d'une montagne. Ils sont deux enfants dans le noir qui se confient des secrets.

« Sans liant d'œuf. Seulement des huiles et des essences. Désormais, ce n'est plus qu'une affaire de patience et de proportion. Mais ce que j'ai vu tout à l'heure, c'est une merveille. »

Il ne peut en dire plus. Même à Marguerite. Le continent entraperçu est trop vaste. Trop incandescent, ainsi qu'un monde à peine sorti du chaos.

Est-il possible d'atteindre une subtilité de la matière et des pâtes de couleur si grande que l'on puisse aller et venir dans toute l'étendue de ses perceptions ? Sentir le poids d'une chevelure, la fermeté cartilagineuse d'une oreille tout autant que leur froide absorption dans le tain d'un miroir ? Dieu me ferait-il ce don ?

« Pourtant, celui qui ne sait pas regarder n'y verrait d'abord pas beaucoup de différence avec les pâtes dont on se sert aujourd'hui. »

Marguerite achève le gobelet d'une seule gorgée, le repose sur la table. Des deux mains, elle lui attrape le visage. Ses doigts petits tirent sur ses tempes dégagées par le rasoir loin au-dessus des oreilles. Elle lui incline la tête pour que les flammes du chandelier se reflètent dans le noir sans fond de ses pupilles. Qu'elle scrute comme on le fait de la lointaine silhouette d'une ville.

« Ce que je voudrais, moi, c'est voir avec tes yeux. Voilà ce qui me rend jalouse.

– La jalousie conduit en enfer.

– Un jour je te tuerai pour mettre tes yeux à la place des miens. »

Johannes saisit ses mains, en baise les paumes.

« Tu ne pourrais pas. Tu aurais bien trop peur de ne pas voir les images que je vais peindre bientôt. »

Par exemple ta bouche telle que je la vois à l'instant. Les commissures hésitantes, creusées d'une ombre, d'une amertume qui se dissout dans la rondeur des joues, lisses, sans même une ride venant des narines, l'ourlet pâle bordant la lèvre supérieure, un peu plate, recouverte d'une fine brillance de salive, la lèvre inférieure charnue, gonflée de sang, parcourue de ridules frémissantes, entrouverte sur le souffle, la pointe de la langue à peine visible sous la nacre des incisives. La bouche entrouverte sur l'ombre des entrailles, la vérité des entrailles. Les dents pareilles à un troupeau de brebis remontant du bain, dit le Livre. Il dit aussi : le jardin est clos, ma sœur.

Marguerite retire ses mains des siennes, quitte ses genoux, se met debout. Elle défroisse sa robe, rajuste la dentelle du décolleté. Il la regarde faire en souriant. Quand leurs yeux se croisent à nouveau, elle dit :

« En rêve, il m'arrive souvent de devenir toi. »

Il n'est pas sûr qu'elle rougisse. Ce peut n'être que la flamme ocre des chandelles. Elle attrape à nouveau la tablette d'essai, y jette un regard, la repose avec dégoût.

« La main d'un noyé ! »

Elle pivote, lui tourne le dos, saisit le chandelier et s'avance. La lumière balaye la longue table de travail où s'entassent les rouleaux de parchemin des patrons, ébauches d'architectures, des calculs d'angles, géométries de sphères ou subtils triangles.

Marguerite va jusqu'aux tréteaux soutenant la *Mappa Mundi.* Sur le côté de la sphère, tendue sur un cadre, une toile a été découpée en losange. Après une préparation ordinaire, on y a peint l'Europe depuis les rives de la mer Océane jusqu'à celle de Constantinople. Avec l'île d'Angleterre, la mer du Nord et celle de Méditerranée jusqu'aux rivages de la Palestine. L'azurite des flots est un peu vive. Il faudra lui donner de l'opacité.

« Ça n'a pas beaucoup avancé. Monseigneur ne va pas être content. »

Voix aigrelette de dépit. Johannes rit.

« Quand il s'agit de la *Mappa Mundi*, Monseigneur est toujours content. Il attendra comme toi que j'ai trouvé ma nouvelle pâte.

– Toujours attendre ! Avec toi, on croirait que le temps n'existe pas. »

Elle approche le chandelier de la toile, l'examine. Suggère sans se retourner :

« Ne serait-ce pas plutôt que tu n'y arrives pas ? »

Resté dans son ombre, Johannes rit de nouveau. Il se verse du vin et boit.

« Si je voulais me borner à une copie des cartographies de l'Italien, ce serait déjà fait. »

Marguerite repose le chandelier sur la table, fouille parmi les rouleaux de parchemin. Elle trouve ce qu'elle cherche. Un dessin compliqué, surchargé de notes, où sous plusieurs angles apparaît une ébauche de mappemonde aux continents ventrus. Tout en bas, à l'encre et calligraphié avec soin, un nom est souligné trois fois d'un trait de grosse plume : Ambrogio Lorenzetti.

« Peut-être, mais lui, au moins, son ouvrage est achevé ! persifle Marguerite.

– Achevé et ridicule. Il peint l'Europe comme si la terre était toujours plate. Ses mesures sont fausses. Si j'en déduis les distances relatives, il me faut un mois pour aller à Constantinople et tout autant pour faire la traversée jusqu'en Angleterre ! À quoi sert une *Mappa Mundi* si ce qu'elle montre ne contient aucune des vérités de l'univers ? Sur la mienne, les distances seront semblables à la réalité. En plus petit, mais pas moins vraies que le vrai. »

Marguerite abandonne le parchemin, revient près du globe. Elle tourne autour d'un pas dansant. De la pointe des doigts, elle agite les fils de coton noir qui pendent de son sommet.

« Ne touche pas aux cordons ! »

Johannes est debout, l'œil dur, le gobelet de vin sous le menton.

Marguerite abandonne les cordons mais poursuit sa danse, tournoie en petits pas chassés. Ses hanches repoussent la surcotte de droite et de gauche. Un serpent dans la forêt du paradis. « Qui est celle qui avance comme l'aurore, belle comme la lune ? » demande le Livre. Elle fredonne, chante de plus en plus fort, les bras tendus, les manches flottantes, farandole et oriflammes.

« Soleil du Nord, ombre du Sud, bleu des océans, vert des continents, rose des lèvres, noir des corbeaux, Dieu a créé l'univers, Maître Johannes le peint, petits pinceaux, grands pinceaux, sans sourire jamais, dieu Johannes peint, sa gloire se lève à l'est, ne se couche jamais à l'ouest…

– Marguerite !

– … mais au zénith Monseigneur le duc paie d'or, oh caresses douces caresses, les pinceaux de Johannes volent, pour la splendeur de Monseigneur pleuvent les florins ! »

Elle s'immobilise, le souffle un peu court. Essuie son front d'un revers de main. Ses seins se gonflent et tremblent sous la dentelle.

« N'est-ce pas la vérité vraie ? »

Elle s'avance, saisit le gobelet de vin entre les doigts de Johannes. Elle le vide, le visage renversé. Les ombres jouent sur ses traits, masquent et dévoilent.

Johannes glisse la pointe de son index sur les lèvres humides de vin où brille la lumière des chandelles. Il rit.

« N'est-il pas bon que j'admire Monseigneur ? Et avec sincérité ? Puisqu'il me revient un peu, dans sa satisfaction, de cette admiration dont tu te moques, mais qu'en vérité tu bois comme du petit-lait. »

Elle sourit, tendre. Un peu triste. Elle ausculte chacun de ses traits comme ceux d'un étranger. D'un paysage si familier, si aimé, qu'elle ne cesse d'en oublier et redécouvrir les étrangetés.

« Tes ruses me font peur, Johannes. Comment les reconnaîtrai-je lorsque tu en useras contre moi ? »

Il ouvre la bouche pour protester. Marguerite la lui recouvre de sa main.

« Pour ce qui est des caresses, Ydria se languit de te voir. Elle dit que tu n'as pas passé de nuit avec elle depuis si longtemps qu'elle n'a plus la mémoire de la dernière fois. »

Elle pose son front sur sa main. Pèse de tout son corps contre celui de Johannes. Elle murmure :

« Ydria dit : pas même une heure dans ma couche depuis presque une année. Elle dit aussi : mon fils Barthélemy fait des dessins qu'il veut montrer à son père. Elle dit : que lui importe, au valet de peinture de Monseigneur le duc, puisqu'il ne va même pas m'épouser ? »

Sa main et son front pressent plus fort la bouche de Johannes pour interdire sa protestation.

« Ydria est la plus belle femme que je connaisse. Tu devrais mieux la regarder. »

7

Lui, la beauté, il la met dans la fiole des mots et en fait usage de vinaigre. Avant qu'elle lui échappe tout à fait, fuyante comme un péché entre ses doigts d'avorton.

Coquinet, le rase-mottes de Monseigneur le grand duc d'Occident.

La taille d'un enfant de dix ans, une tête aussi large que le torse, grossie encore par un turban bleu enfoncé jusqu'aux sourcils. Des yeux globuleux, tout noirs, qui se meuvent lentement. Sans émotion dirait-on. Une barbe semée de poils roux et gris masque le reste de son visage mais pas ses grosses lèvres. Un massacre de corps d'homme sous une houppelande jaune. Des mains minuscules mais terriblement épaisses. Une bague d'or à l'index. Des semelles de bois sous le feutre des poulaines. Une souffrance qui ricane.

Il s'aide d'un repose-pied pour grimper sur une chaise puis sur la table. Là, debout, poings sur les hanches, à peine parvenu à la hauteur d'un homme, il contemple la galerie du château. Des plafonds en splendeurs peints à foison. Pas une solive sans ors, les murs ocre, jaunes ou verts, encadrant d'immenses cartouches avec images. Des cités imaginaires, des paysages magnifiques où les anges volent avec l'agilité d'hirondelles.

Dessous, vautrés ici et là, parfois sur des sièges, plus souvent sur le plancher, une cinquantaine de mâles et femelles humains, amassés comme des soldats en campagne, la gueule ouverte sur l'haleine du mauvais sommeil. Quelques fois dépoitraillées. Tétons sur le décolleté, chausses sur les mollets, houppelandes en guise d'oreillers. Cottardies de débauche, surcottes de Sardanapale. Des nuques enlacées, des baisers inachevés.

Ça sent la vinasse, le pâté froid, la sauce au gingembre, la sueur, les pots de chambre, le suif. La fumée des chandelles stagne, bleutée dans la lumière laiteuse de l'aube à peine naissante. Quelques lanternes brûlent encore. Dehors le vent repousse la brume et l'humidité de la longue pluie nocturne sur les champs calcinés. Des oiseaux s'égosillent. C'est l'heure de tendresse.

Coquinet cueille des plats d'étain et les entrechoque. Bang, bang ! Tocsin de nain.

« Holà ! Debout, debout ! »

Sa voix est étonnante. Grave, onctueuse, puissante. Elle pourrait sortir de la poitrine glorieuse d'un héros des temps antiques.

« Debout, vermine des lendemains ! Debout, debout, debout, debout ! »

Il gueule, souligne chaque mot d'un coup de pied entre les plats. Bang ! Bang !

Des yeux s'ouvrent. Les ronflements cessent. On râle, on se met sur son séant, on regarde qui est là, autour de soi, sur soi. On rajuste les aiguillettes d'un pourpoint, une coiffe, ce qu'on peut. Coquinet rigole, gueule encore :

« Monseigneur déteste l'ivresse, vous irez tous en enfer ! »

La table qui le soutient est aussi longue que la salle. Il marche dessus comme sur une allée prestigieuse, écrase des fruits, des restes de poisson, renverse des verres, piétine des entrailles de daim, enjambe une bassine de civet, s'immobilise, son petit pied sur une carcasse de sanglier deux fois grande comme lui.

« Allons debout ! Venez ici, approchez, ouvrez les ouïes et les yeux, et même ce qui vous sert de cervelle. Le Livre dit : "Les naïfs héritent de la bêtise – le savoir couronne les avisés." Venez donc apprendre quelque chose. Et ouvrez les fenêtres, ça pue ici. »

On envoie le nabot se faire foutre. À mi-voix cependant. Entre les dents et la paupière close. Coquinet est plus grand, plus dangereux que sa taille ne le laisse croire. Monseigneur l'aime, le soigne, l'écoute et rit avec lui de moqueries impardonnables. Parfois, il lui botte le cul. Sans excès. Une caresse pour un monstre.

Donc, la houppelande receinturée, le voile dans la faille des seins, les épaules frissonnantes du vent d'aurore engouffré par les fenêtres béantes, on s'approche de la table.

La main du nain agite une bague d'or, sépare la droite de la gauche.

« Messires, là. Dames et damoiselles, s'il en reste, ici. »

Lui devant elles. Son regard de suie fouille leurs vêtures froissées, leurs yeux voilés d'une nuit qui alourdit encore leur sang. Par un étrange pouvoir, Coquinet s'attire des sourires femelles dont bien des hommes ordinaires n'osent rêver. Alors on se tait et on l'écoute.

« Je m'adresse à vous, les belles. Les autres se contenteront de m'entendre. Je vais vous raconter comment Monseigneur, cette nuit pendant vos ripailles, a choisi sa future épouse. Je sais tout, j'étais là. »

8

« Et ce que je n'ai pas vu, je le sais quand même. Donc tout l'après-midi, Monseigneur a baisé Toison d'or. L'orage est venu sans le détourner de son ouvrage. Bien au contraire. Émues par la foudre du Tout-Puissant, les cuisses de Dame Maria ont ruisselé tout autant que le ciel sur nos têtes. Pour le plus grand bonheur de Monseigneur, lui qui a le vit plus assuré dans le ventre d'une femme qu'une caraque dans la mer des Anglais. Imaginez un peu, mes belles, que vous ayez eu à en faire autant !

« Donc il pleut à verse, ils baisent, il fait nuit. À la dixième heure, Monseigneur décide qu'il est temps de rentrer au château pour assister à complies. Sous le déluge, sans accorder plus qu'à un pet attention aux râleries des messires qui le suivent, il vient dans sa chapelle. La nuque recourbée, il y remercie Dieu.

« Après quoi Monseigneur demande qu'on lui donne à manger dans sa chambre. Avec les pâtés et les pintades en sauce cameline, il réclame la présence de son Coquinet, de messire Nicolas, son chancelier bien-aimé, de messire de Croy, son écuyer de chambre, et d'une dizaine d'autres qui feront tapisserie pendant qu'il se nourrira le sang et prendra conseil.

« Vous autres, on vous entendait si fort gueuler dans

le vin et les ritournelles que Monseigneur a demandé si sa galerie était transformée en étuve. Remerciez-moi car je suis celui qui a répondu : Que non, Monseigneur ! Il n'y a dans votre galerie que de pauvres affamés de basse-cour qui s'imaginent en une nuit approcher les délices de vos après-midi.

« Monseigneur a souri. Il a bu son vin avant d'en offrir à messire Nicolas et de lui demander :

– Alors, vous n'avez pas changé d'avis ? C'est toujours l'infante du Portugal que vous avez en tête ?

– Oui, Monseigneur.

– Elle est vieille.

– Doña Isabel a votre âge, Monseigneur.

– Chez une femme c'est plus que beaucoup. Surtout si elle est vierge. »

Coquinet se dandine dans nos rires, singe une femelle avec de petits gloussements. Il va de droite et de gauche, fait sonner ses semelles de bois sur la table, dans les assiettes et les plats, gesticule avec une grâce d'insecte.

« La vérité, mes agneaux, c'est que notre grand duc d'Occident aime le téton comme le pêcheur la marée. Lui qui déteste rien tant que ramer trop souvent dans la même fente, la seule pensée d'être époux pour la troisième fois lui plonge à l'avance l'étrave dans la vase.

« Il faut dire que pour les mamelles, mes belles, Dame Crombbrughe les a en chef-d'œuvre. Je les ai vues de mes yeux ! Si énormes qu'un Coquinet pourrait s'asseoir dessus. Seul un prince ou un roi peut se les empoigner, je vous le dis. C'est comme pour l'épée du Saint Graal, il faut avoir été désigné. »

Il pousse un braiment d'effroi. On rigole à nouveau, les femmes comme les hommes. Coquinet, tout au bord de la table, se tait soudain. Il bascule son demi-corps, agrippe de ses mains d'angelot diabolique la houppelande d'une femme-enfant pour en ouvrir les pans sur deux petits seins à peine maintenus dans la ravine d'un décolleté. On grogne, il gueule :

« Maraudeurs de petits plaisirs ! Moi, c'est ainsi que je les goûte. Tout petiots et drus comme des taupinières. Ceux que fréquente Monseigneur, je m'y perdrais jusqu'aux orteils. »

Il veut y plonger la tête, les tirer de leur cotte, les laper de sa langue de bestiau. On s'écrie, on barricade la femme-enfant, rouge de honte. On balance le Coquinet le cul dans le poitrail dépecé du sanglier. On rigole.

Lui, il reste là, ses difformités calées dans la carcasse en guise de trône. Ses yeux posés sur nous comme si rien ne s'était passé, il tire une languette de chair froide de la faisanderie, la mâche. Sa main baguée envoie un baiser à la femme-enfant.

« Il est écrit dans le Livre : "Les pans de sa robe ont dévoilé deux boucliers rutilants, étroitement scellés et si bien ajointés qu'un souffle n'y pénètre pas. Collés chacun à son frère, soudés, inséparables !" Sauf que le souffle de Monseigneur, ma belle, te les écarterait comme des plumes jusqu'au rose de ton âme. Il y a Dieu et après il y a lui. »

Il sourit. Nos femmes aussi. Même la femme-enfant.

« Donc ils ont bu du vin sucré en soupesant les avantages de Doña Isabel. Messire Nicolas a dit de sa voix de vertueux conseiller :

– Doña Isabel est une Anglaise, une Lancastre par sa mère.

Monseigneur a protesté :

– Une Anglaise du Portugal ! Les Portugais sont tous des bâtards.

– Celle-ci moins que les autres. Sa mère est la tante de Bedford, votre beau-frère et régent de France.

Messire de Croy a ajouté :

– Ce sera une bride de plus passée au cou des Anglais.

– Ou une bride autour du mien. Que m'apportera-t-elle ? Pas même un champ de courges.

– Mieux que cela, Monseigneur : de la paix et de la distance afin de mieux admirer Bedford et votre cousin Charles s'étriper pour le royaume de France qui leur échappe.

– Messire de Croy a raison, Monseigneur, a appuyé messire Nicolas.

– Ah ?

– Nous dirons les choses ainsi : vous avez déjà donné votre sœur Anne en mariage au duc de Bedford, régent de France. Une nouvelle alliance, arrimée aux profondeurs de votre propre lit nuptial, créera entre vous une douceur bien propre à raboter la corne d'arrogance des Anglais. En somme vous serez des égaux plus égaux qu'avant.

– Foutaise, messire Nicolas. Le duc-régent n'a le désir d'aucune égalité. Bien au contraire, il ne songe qu'à chier dans le brouet de son voisin. Quant à moi, je n'ai qu'une volonté : n'être asservi par rien ni personne.

– Alors nous le dirons comme ceci, Monseigneur : le roi du Portugal possède autant de bateaux que votre Flandre de moulins à vent. Dedans ces bateaux, il peut y avoir des hommes pour Bedford qui veut s'asseoir une bonne fois sur la tête et le trône de France. Cela ne vous coûtera que de les voir passer sur les routes de Bourgogne s'en aller faire le siège d'Orléans ou de Chinon. Une fois qu'enfin cette guerre, qui est devenue aussi éternelle que les saisons, trouvera sa paix, alors les bateaux de votre épouse Doña Isabel transporteront à Bruges ou Gand les épices des Indes que vous achèterez en vendant les draps de Lille ou Tournai. »

Coquinet devient morose. Il fait le savant en politique. On commence à bâiller, se souvenir qu'il nous a tirés du sommeil, que le jour et la messe du matin nous attendent. Mais pour un Coquinet, nous sommes transparents comme l'eau d'une rivière. Il se redresse, quitte sa coquille de sanglier, y abandonne sa houppelande gâtée par le graillon. Le voilà en chausses à bandes rouges bosselées et moulées sur ses membres contrefaits. Un pourpoint de satin piqueté de broderies vertes caparaçonne bosses et bedaine. Une araignée devenue hanneton.

On grimace, on recule d'un pas.

Il rigole, la voix à nouveau suave et plaisante.

« Le Livre dit : "Tu es le plus beau de tous les hommes, oh, la grâce coule de tes lèvres." Mais vous, vous êtes bien trop ignares et tout heureux de votre crasse. Je vous instruis sur les vérités du monde et vous ne voulez entendre que des contes. Tant pis pour vous. Alors voilà. Après que ses conseillers ont parlé, Monseigneur m'invite du doigt à m'asseoir sur son banc. Il m'offre de son propre tranchoir un reste de viande qui jute tout chaud sur le pain. Il me demande :

– Coquinet, pourquoi une infante serait-elle vierge à trente ans ?

– Parce qu'elle est si repoussante qu'on l'a remisée loin du regard des mâles.

– Tu te trompes. On me l'a décrite d'une beauté acceptable. Pour son âge.

– On ment pour vendre la marchandise.

– À moi ? Qui oserait ?

– Pour ce qui est de la beauté, non, Votre Grandeur a raison. Peut-être qu'on ne ment pas.

– Pour ce qui n'est pas de la beauté ?

– Le pucelage, Monseigneur, qui vous l'assure ? Un qui y aurait mis la main ? Un père, des frères, un évêque ?

– C'est vrai.

– Des murmures, des chatteries de cour, des pets diplomatiques, voilà ce qu'elle est, cette pucellerie.

– Il se pourrait.

– La question est, Monseigneur : que vous importe qu'elle soit pucelle ? Vous les aimez d'ordinaire plutôt déliées de la fente.

– Tu parles d'une infante qui sera peut-être ta maîtresse, Coquinet. Si le désir lui en vient, je la regarderai te faire pendre par les pieds au-dessus d'une bassine d'huile bouillante.

– En ce cas, Monseigneur, je vais parler comme messire Nicolas. Nous dirons les choses ainsi : sot celui qui voudrait s'éreinter contre une porte aux gonds rouillés alors qu'elle est grande ouverte. Si j'étais vous, Monseigneur, même un tout petit vous, j'enverrais un espion sous la cotte de Doña Isabel avant de creuser son sillon.

– Sous la cotte de Doña Isabel ?

– C'est là que la vérité se trouve, Monseigneur. »

9

Ydria dit :

« La vérité, c'est que Marguerite a tout arrangé. Sans même me demander mon avis. Elle a payé les servantes, le bois pour chauffer l'eau et commandé elle-même la nourriture. »

Les chandeliers éclairent les draps blancs dépliés sur les paravents, la vapeur, les clapotis du bain qui sent la ache de montagne et les onguents. La chair nue du buste et du visage d'Ydria est déjà écarlate. Celle de Johannes aussi. Ce qu'il en voit : ses avant-bras reposés sagement sur les rebords de cuivre du grand baquet de l'étuve. À côté du baquet, disposés sur une nappe, un monceau de fruits, des anguilles à la broche, du riz aux amandes à la façon anglaise, des sauces jaunes et vertes, un pâté de petits oiseaux, des verres torsadés, du vin si sombre qu'il est presque sans couleur.

Que Marguerite soit à l'origine de tout cela, Johannes le sait bien. Un repas au bain avec Ydria, des retrouvailles en cuve bouillante, qui d'autre que Marguerite pourrait en avoir eu l'idée ?

La raison pour laquelle il a accepté, il la sait aussi.

Ydria précise encore :

« Elle a bien fait. Sans sa volonté, tu ne serais pas venu. »

Elle dit cela d'un ton si calme, si serein, que Johannes ne proteste pas. Le mensonge serait inutile. Ils s'observent. Dans l'eau brûlante et opaque, les jambes d'Ydria sont pressées contre les siennes. Ses orteils frôlent sa hanche. Elle n'en semble pas du tout embarrassée. Les volutes de buée et la disposition des chandeliers ne permettent cependant pas de bien lire son regard. Des iris pâles, mordus par des pupilles dilatées. Il se souvient des mots de Marguerite : « Ydria est la plus belle femme que je connaisse, regarde-la bien. »

Ce n'est pas vrai. Elle n'est pas d'une grande beauté. Des lèvres trop longues et trop plates, une mâchoire trop présente. Une certaine disproportion entre le bas et le haut du visage qui brise l'élégance que chacun de ses traits, pris séparément, pourrait engendrer. Cependant un visage doux, patient. Bienveillant. Tel qu'on pourrait l'utiliser en modèle de sainte Marthe, la sœur de Marie.

Pour le corps, c'est une autre affaire. Qui dément la douceur de ses traits. Un corps de guerrière. Tout en muscles longs, tout en volonté et en force. Qui ne change guère avec l'âge. Bien peu maternel. Capable d'une énergie farouche, de marches et de travaux interminables. Capable aussi d'une jouissance, d'une exultation du plaisir qui l'a longtemps fasciné. Le fascine encore, l'attire en cet instant tout autant que par le passé, Johannes doit bien l'admettre. Même si cette fascination est devenue froide, plus curieuse et ténébreuse que tendre.

Ydria agite les mains dans l'eau, la fait clapoter, s'en mouille les épaules. Ses seins empourprés se balancent à la surface des vaguelettes parfumées. Dessous, volontairement ou non, son pied s'aventure contre le ventre de Johannes, bute contre son sexe déjà tendu. Elle ne semble pas s'en émouvoir, toujours prise par sa pensée de Marguerite et le regardant bien droit dans les yeux.

« On n'a jamais vu une sœur aimer si fort son frère. Elle m'a dit : ne crois pas que tu seras une mauvaise femme parce que tu recevras Johannes dans ton bain. Avec lui, tout est pur et beau. Avec le visage d'une putain, il ferait de la lumière. Ses yeux transforment l'ombre en couleur. C'est ainsi qu'elle parle de toi. »

Johannes sourit. Il essuie la sueur qui perle sur ses sourcils, se masse les joues et le menton.

« Elle parle pour le plaisir des mots. Toujours dans l'excès.

– Je le sais bien. »

Ydria n'a pas besoin d'en dire plus. Qui mieux qu'elle sait qu'il ne transforme pas toutes les ombres en couleur ?

Avant qu'il ne les repose sur le bord du baquet, elle saisit ses mains entre les siennes. Elle les caresse. Elle dit :

« Il y a un peu de vrai pourtant. Marguerite n'a pas eu de mal à me convaincre. Je n'ai pas eu honte de t'attendre dans ce baquet. Moins de crainte que toi à me dévêtir, même si cela fait des mois que nous ne nous sommes pas retrouvés ainsi. »

Elle hésite sur une pensée, maintient son regard sur les mains de Johannes qu'elle caresse toujours. Sa longue bouche fait la moue :

« Le fait est que je ne suis pas comme Marguerite. Pour moi, ce que tu as de meilleur, de plus beau, ce n'est pas ton caractère, ce sont tes mains.

– Des mains ne sont rien sans le caractère et le regard. »

Voix brutale. L'aveu de toute la froideur qu'engendre

chez lui la crainte d'une effusion mélancolique. Par remords, il ajoute :

« Pour un peintre. »

Elle abandonne ses mains. Leurs regards hésitent. Il maudit Marguerite et sa propre faiblesse. Ce qu'il avait à dire pouvait l'être sans qu'il passe par le ridicule de ce baquet et de son sexe à nouveau mou.

Cependant Ydria ignore son humeur bougonne, déclare qu'il se fait tard et qu'il est temps de manger. Elle détend ses muscles de combattante, se met debout, transforme l'eau du baquet en tempête d'équinoxe. La croupe émergée, rubiconde sous le nez de Johannes, elle remplit des écuelles. Ce faisant elle énonce la recette des plats : anguilles de la Saint-Vincent aux clous de girofle, cannelle et romarin, cuites avec du gingembre et des grenades. Pour le pâté de petits oiseaux : du macis, de la noix de muscade et du galanda.

« Marguerite voulait des graines de Paradis, mais c'est bien trop cher. Le vin est celui que tu as acheté toi-même il y a un an pour fêter l'eucharistie de Barthélemy. Tu n'es jamais venu le boire. Mange. »

En guise de table, elle dispose une planche en travers du baquet et se glisse à nouveau dans l'eau comme elle le ferait dans un fauteuil. À la regarder disparaître à demi, Johannes a fortement conscience qu'Ydria et lui sont découpés selon deux mondes.

En haut, au-dessus de l'eau, le visible : pièce, lumière, visage, bras, mains, poitrines, mangeaille, bois, tissus, odeurs. Dans ce visible tout est à sa place, bien qu'étrangement présent et attisé par une attente qui ne veut pas s'avouer.

En bas, dedans l'eau, rien ne se voit. Hanches, sexes, jambes, bourrelets goudronnés de la cuve. Rien ne s'y voit mais tout s'y montre d'une sensibilité et d'une tension aussi exaltée que muette. Si bien exalté qu'il ne sait comment y tenir ses cuisses et ses mollets. Ses pieds et même à nouveau son sexe. Alors qu'Ydria, elle, y prend ses aises. Frotte sa cheville contre ses hanches et son membre comme si cela n'était pas. Assurément, pour savoir dissocier le haut du bas, elle est beaucoup plus forte que lui.

Un moment, ils mangent en silence, leur sang échauffé par l'eau, la nudité, la bizarrerie de l'instant.

Lorsque Ydria a achevé la moitié de son écuelle d'anguille, elle redevient bavarde. Elle rapporte les confidences de Marguerite au sujet de la *Mappa Mundi.* Un objet fabuleux, unique, si étonnant, si difficile à produire. Johannes répond de-ci, de-là à ses questions. Tente de modérer son enthousiasme. Il voudrait même taire le sujet. Qu'Ydria cesse à ce point de dissocier l'en-haut de l'en-bas, sa conversation et leurs cuisses.

Mais Ydria ignore sa parcimonie et sa brutalité. Alors il se montre un peu agacé, maladroitement orgueilleux :

« Marguerite se laisse prendre à ce qui semble le plus neuf. La *Mappa Mundi* est une extravagance qui fera la renommée de Monseigneur le duc et peut-être la mienne. Mais seulement durant le temps nécessaire à inventer une autre extravagance. Ce que je peindrai bientôt, si Dieu le veut, sera beaucoup plus grand. »

Ydria cesse de manger, lui sourit avec une sorte de gourmandise dans les yeux. Johannes y reconnaît cette fierté qu'elle avait de lui, si vivante autrefois. Au temps de ce qui fut bel et bien leurs amours. Une tendre, une fidèle adulation qui le comblait d'un orgueil enfantin. Aujourd'hui cela ne l'émeut plus et même lui fait un peu honte.

Cependant, il veut se faire pardonner sa manière

perverse de songer à l'en-bas plus qu'à l'en-haut. Il s'entend dire :

« Aujourd'hui, je suis presque parvenu au bout d'un chemin sur lequel je me suis engagé il y a bien longtemps. Un chemin dont j'ignorais le but et que je n'ai pas vraiment choisi de suivre. Quelque chose est arrivé qui m'y a poussé. Une chose difficile à expliquer. Qui est advenue un jour où je regardais une image peinte par un autre. En vérité, cela demeure le moment le plus important de ma vie. C'était il y a une dizaine d'années, lorsque nous étions à Bruges, que je travaillais dans l'atelier de mon frère Hubert, comme tu t'en souviens. Il nous arrivait assez souvent d'enluminer des parchemins pour des livres d'heures. Un jour, le prince-évêque de Liège nous a demandé de poursuivre le travail de deux amis d'Hubert que la peste avait emportés. Des frères eux aussi, nés à Limbourg. Parmi les parchemins que l'on nous a confiés pour modèle de notre tâche, j'ai découvert une image comme je n'en avais jamais vu. Une saison. Octobre. Une image d'apparence ordinaire, comme on doit les faire pour ce genre d'ouvrage. Un château, son enceinte, des champs, des labours, des gens, des animaux. Une image bien ordonnée quoique fausse pour ce qui est de la vue de près et de loin. Mais ce qui la rendait incomparable, si extraordinaire qu'elle a changé tout le cours de mes pensées et de ma volonté, c'est que les choses, les gens et les animaux possédaient leurs ombres. »

Ydria l'observe avec étonnement.

« Possédaient leurs ombres ? Et alors ? »

Elle ne comprend pas. Comment le pourrait-elle, alors qu'il lui a fallu lui-même tant d'années pour en tirer les conséquences.

« L'ombre veut dire que l'on peint un instant du

monde. Rien de plus. Cependant le monde tout entier peut tenir dans cet instant. L'ombre signifie que le soleil, au-dessus du monde, dirige sa lumière et sa nuit, là, maintenant. Dans l'espace et le temps de cet instant. Comme il le fait dans les jours qui succèdent aux jours, depuis le premier instant de la création qui est un instant qui ne cesse pas. La lumière fait naître tout ce que l'on voit. Il n'est pas besoin d'en contempler la source, l'effet suffit. Ainsi, je peux peindre un instant du monde, un tout petit instant, et si je donne à l'image toute l'immobilité et toute la profondeur d'un minuscule instant, il sera aussi éternel que l'éternité elle-même. Il suffit pour cela de peindre les ombres des choses et des êtres. »

Une ombre, il en est passé une sur le visage d'Ydria. Une ombre fugace sur son sourire. Johannes ne l'a pas vue. Il ne voit que sa mimique d'incompréhension, ses gestes assurés tandis qu'elle repose son écuelle sur la planche traverse, fait glisser adroitement le tout jusqu'à la table à côté de l'étuve. Elle dit :

« Cela me dépasse. Je te crois, mais cela me dépasse. Comment un instant peut-il être éternel puisqu'il n'est qu'un instant ? Regarde. »

Sa main plonge dans le bain, en ressort la paume contenant une gorgée d'eau. Ydria y souffle un baiser qui se pulvérise en gouttelettes sur les lèvres de Johannes. Elle rit.

« Mon baiser est passé, enfui. Il n'est pas éternel. Tu l'oublies déjà. Et c'est pourquoi j'ai envie de t'en faire un autre.

– Ton baiser s'efface et s'oublie parce que je ne l'ai pas peint. Mais si je le peins, et le peins avec assez perfection pour qu'en regardant l'image peinte je puisse sentir le goût de ton haleine sur mes lèvres, ainsi que pareillement pourront le percevoir ceux qui naîtront quand nous serons morts, alors ton baiser deviendra éternel. »

Ydria secoue la tête comme s'il se moquait à nouveau d'elle. Johannes est bien certain qu'elle songe plus au baiser qu'à l'éternité. Elle se dresse. Ève debout ruisselante. Elle annonce d'une voix sans plus d'émotion :

« L'eau refroidit. Je vais chercher des seaux. »

La voilà hors du baquet, qui s'enveloppe d'un linge. Elle disparaît derrière le paravent.

Il entend les bruits des servantes. Un murmure de phrases échangées. Il a le temps de songer à l'orgueil et même à la vantardise de ce qu'il vient d'avancer avec tant d'assurance. Il s'en veut déjà, superstitieux. On sait bien qu'à trop dévoiler la férocité de nos espérances, on risque de perdre la mansuétude divine qui déjà nous a permis de les approcher.

Ydria est de retour, des seaux fumants au bout des bras. Des larmes dans les yeux aussi.

Le premier seau, elle le verse dans le bain sans craindre d'ébouillanter Johannes qui se dresse brusquement, se sort de l'eau autant qu'il peut. Exhibant son sexe raidi tout droit sous le nez d'Ydria. L'en-bas tout soudain dans l'en-haut. La vérité tout entière dans le visible.

L'œil fixé dessus, Ydria grimace, à deux doigts du rire ou du baiser.

Elle repose sur le sol le second seau, essuie les larmes sur ses joues avec un coin du linge qui l'enveloppe. Attrape une grappe de raisin dans le monceau de fruits, en croque les grains sans cesser de considérer le membre de Johannes. Paraît même s'adresser à lui, exclusivement, lorsqu'elle dit :

« Il n'y a rien d'éternel entre nous et je ne suis pas

Marguerite. Tes mots quand tu me parles de ta peinture, je ne les comprends pas. Je ne suis pas Marguerite et toi tu veux que toutes les femmes lui soient équivalentes. Qu'elles soient ta sœur pour l'esprit et une autre enveloppe pour le corps. Afin de forniquer en paix. Ce n'est pas le cas. Ce que tu me dis de la peinture, ce n'est pas à moi que tu dois le dire. D'ailleurs, ça ne m'intéresse pas. Tu crois toujours que je suis heureuse de t'entendre sur un sujet qui me laisse indifférente. Tu te trompes. Si je parais heureuse pendant que tu parles, c'est seulement parce que j'imagine le bonheur de ton fils Barthélemy s'il pouvait être à ma place. Lui, jamais il ne se lasserait de t'écouter. Lui qui ne rêve que de peindre près de son père et d'apprendre tout de toi, il comprendrait chacun de tes mots. Mais son père ne se souvient même pas qu'il a un fils. Un fils qui passe son temps à dessiner pour être le digne fils de maître Johannes. À lui, tu pourrais parler de l'ombre et de l'instant éternel. Mais tu ne le feras pas. Voici ce qu'il en est de nous qui avons failli être mari et femme. Tu dis qu'il t'est arrivé une chose extraordinaire, il y a dix ans. Je n'en ai pas le souvenir. J'étais là pourtant. Dans ton lit aussi souvent que tu le désirais. Debout des heures devant toi pour que tu puisses dessiner tes modèles de visage et de corps d'après le mien. Il y a dix ans, ton fils était dans mon ventre. Mais je ne me rappelle rien des ombres que tu trouvais sur les images ni que cela ait changé tes pensées de fond en comble. Je me rappelle que tu me promettais que mon fils, né par le moyen de cette chose-là, celle-ci devant mon nez, qui est bien la tienne, serait ton fils. Cela n'est jamais arrivé. Voilà ce qu'il en est de nous. »

Le sexe de Johannes n'est plus qu'une pièce de chair molle, pendouillante. Ydria soupire pour étouffer un sanglot. Elle hausse les épaules, ôte le linge qui la voile, attrape machinalement le seau d'eau fumante encore plein. Sitôt après l'avoir versé dans le bain elle y rentre à son tour, s'accroupit avec lassitude et dit encore :

« Quand tu parles de l'ombre, moi, je ne sais songer qu'à ce qui est sombre. À des choses qui ne sont dans aucune des images, ni les tiennes ni celles des autres maîtres. Pourtant, il suffit de sortir de la maison, d'aller à l'église ou chez les marchands de mangeaille pour y entendre des horreurs. Comment, il y a cinq jours seulement, des hommes d'armes qui s'affichaient bons Bourguignons sont entrés dans une ferme, y ont emprisonné entre des planches quatre femmes pour les prendre de force. Comme des animaux, avant de leur ouvrir le ventre au couteau. Ou comment le seigneur de Beaurevoir, il y a deux semaines pas plus, a fait décapiter une dizaine d'enfants par son neveu âgé de douze ans afin qu'il devienne un capitaine aussi cruel que lui. Non, ces choses-là ne sont dans aucune image peinte. Même sur les murs des églises où il y a des enfers à foison, on ne les montre pas. »

Johannes toujours debout, l'eau à mi-cuisses, reçoit la volée de mots. Le sexe penaud. Les yeux écarquillés, scrutant le visage qu'il a aimé et peint. C'est vrai que je l'ai aimée comme elle le dit. Il y a longtemps. Et voilà que pour toute consolation, je ne peux lui répondre que ceci :

« Monseigneur vient de me faire savoir qu'il avait besoin de moi pour un ouvrage au Portugal. Je partirai dans une dizaine de jours.

– Le Portugal ?

– Un pays qui est loin au sud, au bord de la mer Océane, et un voyage qui risque de durer plus qu'une année.

– Ce n'est pas si long.

– À mon retour, nous ne nous verrons plus comme avant. Tu as raison, cela ne convient à personne. Si pendant mon absence, l'envie te vient de te marier, tu ne dois pas songer à moi. »

Le visage d'Ydria ne cille pas. Elle me regarde avec attention sortir du bain, chercher du linge pour m'essuyer. Avec un peu d'étonnement, elle constate :

« Ainsi, ce que nous a organisé Marguerite, ce sont des adieux. »

Pas de larmes. Un silence. Une tendresse dans le visage plus grande que je ne voudrais la voir. Jusqu'à ses épaules, sa nuque et même ses seins qui acquièrent en cet instant une ferme élégance. Une fierté que je ne pourrais oublier. Je le sais déjà alors qu'elle murmure :

« De l'ombre entre nous et rien d'éternel. »

Elle plonge ses mains dans l'eau chaude, s'en asperge les yeux, les tempes et les joues avec énergie. L'eau n'a pas fini de ruisseler de ses lèvres trop longues et plates lorsqu'elle me demande :

« Avant de partir, cette *Mappa Mundi*, ne pourrais-tu la montrer à Barthélemy ? Juste un instant. Même si tu ne le revois plus jamais ensuite. Ce serait comme si tu lui donnais la vie une seconde fois. »

10

Cette *Mappa Mundi*, il a fallu une dizaine d'hommes pour la transporter dans les appartements de Monseigneur. Passant par sa ville de Lille, il a désiré la voir ainsi que son valet de peinture, maître Johannes. Un Johannes qui a, à l'avance, imaginé ce moment. Une scène qui pourrait se peindre sans beaucoup d'efforts.

Un mercredi d'octobre, peu après midi. Il vente cruellement. La canicule de septembre n'est plus qu'un souvenir. Johannes s'est vêtu de sa houppelande au col de marte, la même que celle de Monseigneur et offerte par lui d'ailleurs. Il s'est recouvert la tête de son turban pourpre au nœud si complexe qu'il fait des envieux.

Autour de la *Mappa Mundi*, ils sont tous là. Une foule sans qui le grand duc d'Occident ne se montre pas. Des pages à livrées gris et noir, des valets, des écuyers, chevaliers, seigneurs d'importance, chambellans, hommes d'Église en pourpre. Et puis le chancelier Nicolas Rolin. Tous en parures somptueuses, houppelandes en velours de Gênes ou pourpoints courts de brocart, les fesses serrées dans des chausses en soie de Florence. On voit aussi le rase-mottes Coquinet, des femmes belles et volubiles, en cottes et surcottes ensorcelantes. Dame Crombbrughe, tétons en lisière des dentelles, elle-même resplendissante. Sa chevelure en ce jour de grisaille aigrelette, malgré sa coiffe en mousseline empesée, est pareille à un soleil à portée de main.

Tous ils sont donc là. Parfumés, marchant avec une lenteur de jambe calculée.

Des êtres au-dessus des hommes.

Une cour qui n'a pas encore élaboré toutes les lois et les chorégraphies nécessaires à son lustre mais qui y travaille chaque jour avec des pelletées de morgue. Pour l'heure, cela forme une galaxie tournoyant autour de Monseigneur qui évolue lui-même autour de la *Mappa Mundi*.

L'humeur hésite entre admiration ou déception. Monseigneur n'en a encore rien décidé. Coquinet si, qui se glisse sous les tréteaux, plaque ses mains naines sous le globe, pousse un hurlement qui fait sursauter les dames :

« Voici Hercule Coquinet ! Monseigneur, admirez : je suis le dieu avorton d'un monde avorté ! »

Rires et gloussements.

Il faut dire que Johannes n'a guère apprêté son ouvrage pour l'occasion. Le bijou d'ébénisterie demeure quasi nu. Un joyau de peinture largement imaginaire. Les trois quarts de la *Mappa Mundi* ne sont toujours pas enduits. La portion d'Europe esquissée n'a été encollée que pour la seule démonstration de cet instant. Les cordons noirs pendouillent du pôle Nord, énigmatiques.

En fin de compte et comme prévu, c'est du visage rugueux du chancelier Rolin que se formule l'inévitable déconvenue.

« Disons les choses ainsi, maître Johannes : cette *Mappa Mundi* n'a pas beaucoup avancé.

– Le fait est, messire Nicolas.

– Et pourquoi ? »

Johannes sait depuis des jours ce qu'il va expliquer. Les difficultés techniques, les erreurs dues aux calculs faux d'Ambrogio Lorenzetti, les corrections accomplies grâce à ceux de Robert de Chester, lesquels permettent, avec du temps, d'élaborer des tables astronomiques en fonction du méridien de Londres. Sans compter le calcul de l'emplacement des nations, fleuves, routes, ports, montagnes et des cités selon les relevés du géographe Edrisi qui, il y a trois cents ans de cela, a collecté des repères jusqu'en Chine et dans le Grand Sud du monde.

« Car il n'y a aucun intérêt, messire, à peindre une *Mappa Mundi* qui ne serait qu'un potiron colorié. »

Cela dit les yeux dans ceux du chancelier mais le corps face à Monseigneur. Qui ne s'y trompe pas et demande :

« Est-il possible d'y parvenir, maître Johannes ?

– Oui, Monseigneur. En appliquant les règles du traité de maître Robert sur l'astrolabe. Il y donne les tables algébriques de l'Arabe Al-Khuwarismi, qui a inventé le *djayb*, la loi de calcul de la demi-corde de l'arc double. Ceci pour appliquer sur la sphère des distances équivalentes à la réalité. »

Alors il peut montrer à quoi servent les cordons noirs pendus à la sphère.

Tous ils écoutent, suivent avec de grands yeux les jongleries de ses doigts, quand bien même ses mots ne font que ricocher dans leurs cervelles. Coquinet cesse ses gloussements. Il s'incline bas, montre son cul à la sphère qui le domine. Un salut à celui qui, pour un instant, s'avère meilleur comédien que lui.

« C'est pourquoi, Monseigneur, il me faudra encore une année de travail, ou plus peut-être, pour achever cette *Mappa Mundi*. »

Monseigneur sourit. Cela lui donne un étrange visage.

On discerne mieux ses bajoues et la mollesse de son menton. Il est moins beau et plus juvénile. Peut-être est-ce la raison pour laquelle il demeure sérieux la plupart du temps. Cependant à l'instant il sourit, fait un geste amical de la main à l'adresse de son valet de peinture bien-aimé. Assez haut pour que chacun l'entende, il dit :

« Il n'est qu'un maître de peinture en ce monde qui puisse venir à bout de cette *Mappa Mundi*. Vous, maître Johannes. Prenez le temps qu'il faudra. »

Messire Nicolas, l'œil aussi suave qu'un marbre oublié au gel d'hiver, approuve d'un signe du front.

Qu'importe. Monseigneur fait un autre geste, adressé cette fois à la galaxie courtisane, afin qu'elle reprenne son évolution babillarde à l'écart.

« Plus loin, messires, j'ai à parler un instant avec maître Johannes. »

11

Cet instant aussi, Johannes avait imaginé qu'il arriverait.

Monseigneur et lui sont côte à côte. Ils avancent dans la galerie dont Johannes a peint les cartouches du plafond. Monseigneur se dirige vers une porte qui donne sur un petit jardin clos. Les yeux rivés au parquet, un page leur ouvre le passage. Dehors, le vent frisquet de la mer du Nord secoue les buis et les charmes. Des feuilles déjà jaunes montent au ciel. Johannes se trouve avisé d'avoir revêtu sa houppelande mais prie pour que le vent ne mette pas à mal son turban. Il règle son pas sur celui du duc. Leurs quatre pieds engendrent le même crissement dans le gravier.

« La *Mappa Mundi* va mettre plus d'une année à être achevée, maître Johannes. Puisque vous allez partir bientôt pour le Portugal.

– Oui, Monseigneur. Messire de Lannoy est venu m'en avertir. Je n'ai pas voulu y faire allusion tout à l'heure. Ne sachant pas si…

– Louable prudence, mais cette ambassade est très officielle. Vous serez trois, messire André de Roubaix, vous-même et messire Baudoin d'Oignies. Vous remettrez au roi Jean la lettre par laquelle je lui demande la main de sa fille, l'infante Doña Isabel. Avec l'humilité qu'il sied. La lettre et la demande, je veux dire. Vous, on doit vous traiter avec les plus grands égards, ainsi que si c'était moi-même qui me rendais en Lusitanie. Vous serez sourcilleux sur ce point. On doit aussi vous y remettre la future duchesse afin que vous la conduisiez à Bruges où nous recevrons les sacrements. L'été prochain. Si Dieu le veut. Il y a Dieu et il y a moi, tel est le vrai. Et ce mariage, Dieu le veut plus que moi, maître Johannes. Vous savez ce qu'il en est de mon goût pour les épousailles. J'y vais parce qu'il le faut, comme on va au pot par temps de colique.

– J'espère cependant de tout cœur, Monseigneur, que ce projet se dénouera avec plus de succès que notre ambassade de l'an passé en Espagne.

– Bah… Oublions l'Aragonne ! Doña Léonor était une bonne affaire politique. Pour le reste, rien d'autre qu'un pruneau qui faillit gâter nos yeux. Que savez-vous de Doña Isabel ?

– Ce qu'on m'en a dit. L'infante est cousine de Monseigneur de Bedford par sa mère. Belle et sage.

– Surtout vieille et vierge. Trente ans passés. Belle et vierge, cela vous paraît possible ?

– Je ne sais, Monseigneur.

– Vous savez beaucoup, maître Johannes. Au moins autant sur les femmes que sur les calculs nécessaires à une *Mappa Mundi.*

– Ce serait trop me vanter, Monseigneur. Il y a chez les femmes plus de continents inconnus que dans les relevés d'Edrisi et je m'y perds plus souvent que vous.

– Parce que vous vous aventurez là où je me garde bien de mettre autre chose que le bout de la queue ! Ce qui fait de moi un grand prince et de vous mon grand peintre. Donc, pour ce qui est de l'alliance, messire Nicolas veillera à la politique par la bouche de messire

André, en qui il a toute confiance. Moi, je veillerai au reste par vos yeux, maître Johannes.

– Des portraits, Monseigneur ?

– Des portraits. À votre manière la plus intransigeante, sans rien estomper. La vérité du visage de Doña Isabel. Belle, laide ou moyenne. Pour le corps, vous me l'écrirez. Ce que vous avez fait pour le pruneau d'Aragon conviendra.

– Je ferai de mon mieux.

– Mais aussi autre chose.

– Monseigneur ? »

Une pause est nécessaire.

Un silence.

Le froissement des graviers sous les pas cesse. Il n'y a plus que le vent entre les feuillages à faire du bruit.

Ce qui va être dit est semblable au détail de lumière qui agence à lui seul une image. Une origine connue seulement par celui qui tient le pinceau et dont le spectateur ne perçoit que l'effet.

« Coquinet dit cela joliment : la vérité est sous la cotte de l'infante. Je veux savoir avant notre nuit de noces si elle est vierge ou pas. Pourquoi elle l'est ou pourquoi elle ne l'est pas. Je veux savoir son caractère de corps comme de cœur. Je veux savoir d'elle ce que son père et ses frères ne veulent pas dire et peut-être ne savent pas. Je veux savoir pourquoi à trente ans passés l'infante du Portugal n'a pas eu de mari. Ce que vous apprendrez doit me parvenir tout droit. À part vous, nul ne saura. Voilà ce que vous écrirez dans votre courrier : “Nul ne saura.” Ainsi je ne douterai pas qu'il s'agit bien d'une lettre de vous, maître Johannes. »

Le silence à nouveau. Les pas et le gravier, toute la stupéfaction de Johannes. Aussi Monseigneur ajoute :

« Il en va pour cela comme pour la *Mappa Mundi*, maître Johannes. Je n'ai autour de moi qu'un seul homme qui puisse me peindre ce paysage en entier.

– Je ne sais, Monseigneur.

– Moi je sais. Messire Nicolas vous a préparé un contrat avec ma signature et une bourse de trois cents livres. Un page de ma chambre vous accompagnera, qui vous servira comme il me sert. Au besoin, il pourra revenir du Portugal avec ce que vous ne voudrez confier à d'autres mains. »

Les pas, le gravier, le vent. La lumière tout entière portée sur l'ouvrage à venir.

Les pas, le gravier, le vent. Le poids de la présence de Monseigneur à son côté est étrangement amical.

Aux croisées de la galerie apparaît la blancheur de quelques visages. Tous ceux-là qui voudraient être des mouches ou du vent pour recueillir les mots sur les lèvres de Monseigneur lorsqu'il annonce, le rire entre les dents :

« Pour ce qui est de la *Mappa Mundi*, je serai patient, maître Johannes. Je me contenterai de celle que m'offre, à sa manière, Dame Crombbrughe. Elle est moins savante que la vôtre mais possède, malgré tout, des continents bien plaisants et une blancheur de ciel qui n'a rien d'un potiron colorié. »

12

Le ciel blanchit à peine lorsqu'elle entre, nue, la chair aussi pâle que le jour, dans sa chambre, repousse la tenture du baldaquin, se glisse sous les draps, s'enfouit en gloussant sous la grosse couverture de fourrure. Avant qu'il proteste, elle déclare :

« J'en ai le droit. Tu pars demain et peut-être tu mourras pendant le voyage. Je veux pouvoir me souvenir de toi tout entier s'il le faut. »

Il n'y a rien à répliquer.

Marguerite parvient toujours à faire d'eux des enfants qui doivent se jouer des terreurs du monde. Qu'importe leurs corps d'homme et de femme et ce qui va avec. Le corps de Marguerite nu contre le sien nu. Tout chaud.

Elle enlace sa poitrine, emmêle ses pieds aux siens. Sa tête repose sur son épaule. Son souffle, un peu irrégulier, lui caresse le menton.

Cependant, elle sait demeurer immobile. Silencieuse. Lui laisser le temps de se réveiller pour de bon.

Ils sont dans un grand lit de bois, mais elle imagine que cela pourrait être une barque qui descendrait les fleuves. Elle glisserait sous le soleil et les crépuscules pour atteindre les pays les plus lointains. Des pays qui ne sont pas encore peints sur la *Mappa Mundi*. Y a-t-il seulement un lieu de l'univers où, en pensée au moins, elle n'irait pas avec lui ?

Elle chuchote :

« Je pourrais me couper les cheveux, m'habiller en garçon et t'accompagner au Portugal comme si j'étais ton apprenti. »

Le rire de Johannes fait tressauter sa tête.

« Assurément. Personne ne devinerait une femme en toi ! »

Elle n'écoute pas la réplique, continue de jouer avec cette chimère. Une grande barque, eux deux, les fleuves. Se dit qu'elle en jouera mieux et souvent plus tard. Lorsqu'elle sera seule. S'imaginer en voyage avec lui. Voir les villes et les montagnes avec ses yeux. Elle demande :

« Tu m'écriras ce que tu vois. Tout. Les champs, les maisons, le visage des gens.

– C'est promis.

– Les femmes que tu regarderas. À la cour de l'infante. Comment elles te plaisent. Comment tu leur plais. Tu me diras tout. »

Il rit encore. Ce qui veut dire qu'il ne lui dira pas tout. Elle le sait bien. Comme elle se doute que déjà, des raisons de ce voyage il ne lui a pas tout dit. Des portraits pour Monseigneur et puis quoi d'autre ? Elle a vu le mensonge dans son regard. Elle l'a entendu dans sa voix. Ces choses-là ne lui échappent pas.

Avec un soudain plaisir de vengeance, elle chuchote :

« Ce qu'Ydria n'a pas compris, moi je l'ai compris. Ce que l'ombre des choses permet de voir. Cet instant de tout que tu veux faire entrer dans tes images peintes. C'est aussi comme ça que je me rappelle mes moments tristes ou heureux. Comme quelqu'un qui traverserait une pièce et s'arrêterait soudain de bouger. Demeurant ainsi pour l'éternité. Comme si l'image peinte n'était pas une planche de bois enduite de couleurs, une image où l'on reconnaît des choses et des visages, mais une fenêtre grande ouverte sur un instant qui n'en finit pas d'être ce tout petit instant. »

Entre ses bras, sous ses paumes, contre sa poitrine, le corps de Johannes se raidit. Même les muscles de son cou se durcissent. Il demande :

« De quoi parles-tu ?

– De ce que tu lui as expliqué l'autre soir, pendant que vous dîniez dans le bain. Je suis heureuse de l'avoir compris. Tout de suite.

– Comment as-tu pu entendre ce que je disais ?

– Parce que j'étais là. Derrière le paravent. Quand elle est venue chercher des seaux d'eau chaude, c'est moi qui les lui ai tendus. La pauvre, elle était tout en larmes. »

Le cœur de Johannes bat plus vite. Marguerite glisse ses doigts sur la peau lisse de l'homme-frère. Le Livre dit : « Peux-tu harponner le Léviathan ? Pose plutôt ta main sur lui, souviens-toi du combat, apaise-toi. » Elle joue avec la houle glabre des côtes, les creux et les bosses. Effleure, sans qu'il lui saisisse le poignet et l'interrompe, le téton qu'il a minuscule. Elle ajoute :

« J'avais tout organisé. J'avais bien le droit d'y être un peu.

– Tu es folle.

– Peut-être. Peut-être que pas du tout. »

Elle rit.

« Je peux être meilleure que toi. La *Mappa Mundi*, tu ne la montreras pas à ton fils Barthélemy. Je le sais. Moi, je le ferai pour qu'il t'aime encore quand tu seras parti. »

Elle agrandit sa caresse. Son cœur à elle aussi bat

plus vite. Son souffle lui sèche les mots sur les lèvres. Sa voix est si basse que les mots semblent à peine prononcés.

« Que t'importe. Tu t'en vas demain. Tu seras ailleurs. Tu vas oublier les folies de la folle Marguerite. Voir bien autre chose et peindre d'autres instants. Tandis que moi, je reste dans celui-ci. Je n'en sortirai pas. Pour toujours. »

DEUXIÈME PANNEAU

Les voyageurs

1

Partant de Lille un vendredi de fin octobre 1428, ils n'atteindront Lisbonne que bien après la Noël. Un long voyage, même pour des hommes plus habitués à compter en mois et semaines qu'en jours ou heures. Une incertitude qui ne fut pas sans inquiéter messire André, le seigneur de Roubaix.

« Maître Johannes, votre *Mappa Mundi* a dû vous enseigner le temps qu'il nous faudra pour arriver au Portugal ?

– Trente jours au moins pour atteindre Montpellier, à la condition que nous naviguions sur le Rhône de Lyon à Avignon. Autant ensuite pour atteindre la mer Océane et la frontière du Portugal. Là, messire André, je suis comme vous. J'ignore tout des routes jusqu'à Lisbonne.

– Dieu nous garde ! Cela nous conduit à la nouvelle année ou plus loin encore. »

Le fait est qu'ils avancèrent d'abord lentement. Huit ou dix lieues par jours, parfois moins lorsqu'il pleuvait et que la route s'engluait dans trop de boue. Un cortège bruyant. La ferraille des hommes d'armes qui les accompagnaient, soumis aux ordres du chevalier d'Oignies, cliquetait sans répit. Les plaques d'acier crissaient sur les broignes. Les épées battaient les boucles de selles. Le ferrage des lances cognait contre les jambières. Il y avait aussi le grondement des roues, les appels des muletiers, le grincement des essieux qui n'ont jamais assez de graisse. Deux charrettes tirées par des mules transportaient les coffres. Celui de Johannes assez énorme pour nécessiter une charrette à lui seul. Quelques serviteurs trouvèrent de la place à ses côtés. Le page de Monseigneur, devenu celui de Johannes, n'en eut pas besoin. Il montait un joli alezan beige.

Les ambassadeurs de Monseigneur, messire André, messire Baudoin et maître Johannes, allaient revêtus de grands manteaux de peau retournée, si longs qu'ils enveloppaient la croupe des chevaux. Lorsqu'il quittait sa monture, Johannes devait attraper à pleines mains les pans de cette pelisse afin qu'elle ne traîne pas dans la boue. Elle pesait son poids mais protégeait merveilleusement contre le vent et la pluie glacée, servait à l'occasion de couverture, la nuit, dans les lits qu'on leur proposait.

Avant d'atteindre des régions où Monseigneur le duc n'était plus le maître, chaque soir, un peu avant complies, ils se faisaient connaître à la porte des villes ou des châteaux. On les accueillait avec beaucoup de courbettes et des tables bien pleines. On y riait et y plaisantait. On se saoulait au vin chaud embaumé de cannelle et de gingembre. Parfois beaucoup. Si bien que la journée du lendemain, passée à vaciller sur la selle, les dégrisait à peine.

La neige tomba dans les premiers jours de novembre. Une neige serrée, mouillée encore, qui glaça les joues et les nez. Bien avant la tombée de la nuit renaissait le désir de la brûlure de l'alcool dans la gorge, du feu de la cheminée qui fait fumer les chausses.

2

Dans ces premières semaines, Johannes se laissa porter. Par sa jument le jour, les festins le soir, le sommeil la nuit. Une manière d'abrutissement. De houle quotidienne dans laquelle il n'y avait guère de pensées ni de désirs.

Il était heureux, et même fier, que d'étape en étape on lui témoignât autant de respect qu'à messire André et messire Baudoin.

Ses compagnons, il les connaissait depuis longtemps. Toutefois, un homme est loin d'être le même dans la mondanité des palais que dans la fréquentation quotidienne et le long inconfort des chevauchées. Après une semaine, chacun apparut ce qu'il était sans autre masque. Johannes faisait le silencieux, messire André de Roubaix le grand seigneur et messire Baudoin d'Oignies le rutilant chevalier.

La voix du seigneur de Roubaix était d'une douceur qui surprenait tous ceux qui l'entendaient pour la première fois. Quoique ses mots ne fussent pas toujours doux ni aimables. Plutôt petit, le visage rond, la bouche en lame, sans épaisseur. Souvent il semblait sourire et l'on comprenait trop tard qu'il ne faisait que grimacer. Quand il mangeait, ses petits yeux demeuraient en éveil, les prunelles brillantes comme si un danger le guettait.

Il aimait commander et décider de tout. De l'heure du lever comme de l'ordonnancement de leur troupe. Rappeler que c'était lui, sur ordre de Monseigneur, qui conduisait cette ambassade. Pour le plus grand déplaisir du messire Baudoin.

Un visage tout en angles, messire Baudoin. Une face de guerrier, étroite et le menton bas. Une barbe toujours à fleur de peau, les joues fendues de gros plis verticaux. Des lèvres qui avaient autant gueulé sur les champs de bataille que baisé des seins de femme. L'œil aussi rude que ses mains. Jamais fatigué, toujours à grogner comme s'il fallait que son mauvais caractère ne se rouille pas. Néanmoins un compagnon plaisant dès que la chaleur des festins lui rougissait les joues. Soiffard de mots autant que de vin, aimant étaler le va-et-vient de ses humeurs.

« La vérité, maître Johannes, autant que vous la sachiez d'entrée. Ce voyage en Lusitanie, je n'ai pas le goût de le faire. Monseigneur l'exige. Il assure que nul autre que moi ne serait apte à vous y accompagner. Nous savons ce que valent ces mots. Monseigneur me chatouille les couilles pour obtenir mes risettes. Messire André se passerait bien de moi. Il n'aura de cesse de me le montrer. Même vous, on se demande le pourquoi de tant d'effort : des milliers de lieues pour peindre une pucelle de trente ans. Au Portugal, cela doit exister, les artisans de peinture ? Ils auraient pu faire l'affaire. Pour l'usage qu'on va en avoir, de ces portraits. Ce n'est pas à vous que je vais apprendre la différence entre un minois dans un cadre de chêne et la réalité du plaisir qu'on en tire à l'heure du carillon. Alors que votre temps est si précieux pour achever cette *Mappa Mundi* dont tout le monde parle. Pour moi, c'est tout pareil, je serais beaucoup mieux sur les bords de la Loire, devant Orléans, qu'à me tanner les reins jusque dans un Sud qui ne me dit rien. Car vous savez ce qu'il s'y passe, là-bas, à Orléans ? Que non ? Je croyais que Monseigneur vous en avait touché un mot. Ce n'est pas sans lien avec notre ambassade. Au jour d'aujourd'hui, pendant que nous chevauchons, les Anglais font le siège d'Orléans. Une dizaine de milliers d'hommes sous les ordres de Montacute. On dit que le siège est en place depuis dix ou quinze jours au moins. La chose a été arrangée entre Monseigneur et le duc de Bedford. Une rencontre secrète à Paris. Secrète, mais j'y étais. Bedford veut en finir une bonne fois avec la clique du roi de Bourges. Il a été convenu d'un peu de troupes de Picardie et de Bourgogne pour soutenir les Anglais. Un peu mais pas trop. Vous connaissez la prudence de Monseigneur avec les Anglais. Si prudent que Bedford a tordu le groin : "Mon beau-frère, vous ne m'aidez que du bout des lèvres. Je vois venir le moment où je me serai dépensé jusqu'à la moelle à battre les buissons alors qu'il vous suffira de tendre la main pour en récolter les oisillons !" L'Anglais n'a pas tort. Sauf que Monseigneur se contente rarement d'oisillons. Ainsi donc est née l'idée des épousailles avec l'infante de Lisbonne. De la fine diplomatie. Bedford fendant les murailles d'Orléans tandis que Monseigneur se contente d'investir la cousine du Portugal. Comme le dit messire Nicolas : "Un vit bien placé enlumine l'honneur d'un prince tout autant que son épée." Il n'empêche. J'ai dit à Monseigneur : "Puisque vous vous engagez avec parcimonie au côté de l'Anglais, laissez-moi y aller. J'en vaux bien cinquante." À quoi il m'a répondu : "Oh que non, messire Baudoin. Je ne voudrais pas risquer de perdre vos chausses dans cette aventure." Je demande, étonné : "Vous ne croyez pas au succès de Bedford ?” Il me dit : “Pas au point que vous en soyez le prix. D’autant que j’ai besoin de votre carcasse ailleurs.” Et me voilà ici à faire l’épouvantail, maître Johannes. Ne me reste plus qu’à espérer trouver chez le roi du Portugal de quoi, moi aussi, m’enluminer l’honneur. »

3

Étrangement, plus ils s'avançaient vers le sud, plus il faisait froid. Un froid sec, avec des ciels d'un bleu démesuré. Des volées d'étourneaux y piaillaient, des pies et des corbeaux les rayaient de noir. Des forêts d'un ocre violent moussaient aux revers des vallées. Les feuilles tombaient de partout. Elles tapissaient les chemins, le vert sombre des talus comme les rivières. À l'aube, la gelée blanche pâlissait la terre, dessinait dans les buissons les serpentins de viornes et de ronces. Puis elle fumait au soleil. Une buée où des papillons jaunes voletaient encore dans l'après-midi. Cela sentait à la fois l'humide et la pomme, le début de la pourriture et le fumier chaud.

Les champs étaient en labours. Bœufs ou hommes tiraient les socs de bois, parfois de métal. Des femmes couraient dans les sillons pour ramasser des racines oubliées. Lorsque le bruit du cortège des ambassadeurs leur parvenait, ils s'immobilisaient. Des visages semblables. Des joues de barbe, le plus souvent la bouche vide de dents. Des femmes sans âge, emmaillotées de toutes sortes de tissus. Tous les mollets nus dans la glaise. Ils se signaient et s'inclinaient. Se redressaient bien vite pour admirer le cortège. Leurs yeux s'ouvraient en grand, suivant aussi loin qu'ils le pouvaient la progression des chevaux et des luxueux manteaux.

Les villages se devinaient à l'avance. Des fumées âcres stagnaient au-dessus des masures. La vue des hommes d'armes effrayait chaque fois bien qu'ils apparussent au pas et sans animosité. Les enfants étaient les premiers à s'enfuir. Les femmes se regroupaient dans des huttes de torchis et de chaume sans fenêtres. Les hommes ôtaient leur bonnet à oreillettes, posaient un genou à terre. Entre leurs cheveux hirsutes, on voyait les poux grouiller sur le blanc de leurs crânes. Messire André aimait pousser son cheval tout près d'eux et annoncer de sa voix douce :

« Je suis le seigneur de Roubaix. Je me déplace au service de Monseigneur le duc. N'ayez crainte bonne gens ! »

Les villageois apportaient alors du lait. Les femmes réapparaissaient. Les plus jeunes aussi, le visage frais ceint d'une coiffe, les lèvres encore roses.

Quelquefois, on ne percevait aucune fumée sur les villages. Les toits n'étaient que des trous béants, les murs une lèpre de suie. Il n'y avait plus rien qui vive, sinon des corbeaux qui s'éloignaient à regret, l'aile lourde et le bec croassant, jusqu'au moignon d'une ruine ou d'un arbre calciné. Au sol, çà et là, des tas de cendres et de chairs refroidissaient. Des putréfactions qui empuantissaient l'air gris. L'odeur de la mort sous toutes ses formes. La guerre, la rapine, la honte de Dieu venaient de passer par là.

Messire Baudoin ordonnait que chacun se mette au trot.

4

Alors qu'ils approchaient de Dijon, une pluie violente dilua la neige en trois heures. Les routes se muèrent en bourbiers. Il leur devint pénible de parcourir une dizaine de lieues d'affilée. Ils entrèrent dans le palais ducal ruisselants et boueux. Malgré les pelisses, les houppelandes de feutre et les cottes de cuir, le gel serrait leurs os trempés. Messire André, l'humeur rogue, décida de deux nuits de repos avant de repartir.

« D'autant que bientôt nous quitterons les terres de Monseigneur. »

On conduisit Johannes dans une très belle chambre chauffée par une cheminée où l'on pouvait se tenir à dix. Dans la crainte d'avoir pris froid, il décida de n'en plus ressortir avant le lendemain. Boudant le repas et la fête dans la grande salle commune, il s'y fit porter à manger et à boire par son page Makhiel. Ainsi qu'un grand baquet d'eau chaude où il se glissa aussi nu qu'un glaçon. En homme habitué aux caprices, le page s'occupa de le faire servir comme un prince. Réconforté par le bain, repu par la bonne chair, le vin et le feu, Johannes s'endormit d'un souffle dans un lit au dais de velours vert.

Des cloches le réveillent dans la nuit noire.

Le page Makhiel dort devant l'âtre. Tout habillé, à

même le tapis qui recouvre les dalles du sol, un coussin sous la tête pour unique confort, le visage rougi par les restes de la flambée.

Johannes l'appelle sans succès. En pestant, il se lève pour lui enjoindre de venir dans le lit. Ils le partagent depuis le début du voyage, comme le font d'ordinaire, en ces circonstances, le maître et le serviteur. Ronflant chacun de son côté sans plus de familiarité.

En vérité, jusqu'ici Johannes n'a adressé la parole à ce serviteur que pour lui ordonner une chose ou une autre. Un page est un page, même offert par Monseigneur le duc. Il ne s'est pas même habitué à prononcer son nom : Makhiel.

Un homme de vingt ou vingt-deux ans qui pour l'instant ronfle la bouche entrouverte. Le bras sous la joue noircie de barbe. L'oreille jolie, le menton encore enfantin. Le cou battant au rythme du cœur. Un corps mince et bien proportionné. Des manières déjà conformées par les grimaces de cour mais souvent mélancoliques. Des yeux vifs qui cherchent à capter l'attention. Lorsqu'il chevauche son bel alezan, il se couvre la tête d'un amusant chaperon bleu d'où pendent deux aiguillettes de feutre qui lui balaient les joues.

À le voir endormi là, sur le sol, serviteur fidèle qui n'a sans doute pas osé réveiller son maître en se glissant après lui dans la couche, Johannes s'en trouve amusé. Peut-être un peu ému.

Du bout du pied, il lui touche la hanche, le secoue. Sans effet. Il doit s'y reprendre à deux fois, plus violemment, pour le réveiller. Mais alors, l'autre est debout déjà, aussi raide et pointu qu'une lance. Tout ébaubi, roulant de la prunelle comme si le feu dévorait la pièce.

Johannes lui tapote la joue.

« Ne te réveille pas pour de bon. Ôte ton habit et

viens te coucher sous les couvertures. Il y fait meilleur. Il reste quelques heures avant le jour et aucune chevauchée ne nous attend. »

Lorsqu'ils sont allongés côte à côte, les paupières de Johannes se referment sans hésiter. Il est presque rendormi quand Makhiel dit dans le noir :

« C'est un grand bonheur pour moi que d'avoir à vous servir, maître Johannes. Monseigneur assure que vous êtes l'homme le plus sage et le plus savant que la terre ait porté depuis longtemps. Il m'a dit aussi qu'à vous servir, je ne cesserai d'apprendre. »

Surpris par le compliment, Johannes rouvre les yeux. Il fixe le foyer de la grande cheminée, l'ombre des meubles dans sa lueur cramoisie. Il ne trouve rien à répondre. D'une voix moins enthousiaste, Makhiel ajoute :

« Il me semble cependant que vous vous défiez de moi. C'est à peine si vous m'adressez la parole depuis notre départ. De cela aussi, Monseigneur m'a prévenu : "Maître Johannes n'est pas né de l'usure d'une chandelle. Il va se méfier de toi et te prendre pour un espion que je lui glisse sous la selle." »

Johannes ne retient pas son rire. Il se met à plat dos.

« Tu n'es donc pas un espion de Monseigneur ?

– Je vous jure que non sur la tête de la Vierge.

– Tant mieux. En ce cas nous pouvons dormir en paix, toi autant que moi. »

Le silence dure à peine avant que Makhiel demande encore :

« Maître Johannes, pendant ce voyage, me permettrez-vous de vous poser des questions ?

– Des questions ?

– Sur votre art et votre science. J'ai vu beaucoup de vos ouvrages de peinture. Je les admire. Cependant, à bien les regarder, il y a chaque fois plus de choses en eux que je ne comprends pas.

– Voudrais-tu devenir apprenti en peinture ?

– Oh non ! Je n'en ai ni le goût ni le don.

– Alors pourquoi des questions ? Ne peux-tu te contenter de faire comme les autres : ouvrir les yeux et le cœur. C'est bien suffisant pour apprécier une image peinte.

– Pour l'apprécier comme un vin dans la gorge, oui. Mais une peinture ne se boit pas. Des yeux, elle coule dans le cerveau. N'est-il pas vrai ? Le plaisir que l'on en tire pose des questions qui peuvent assombrir ce plaisir lui-même. De plus, il me semble qu'un homme doit s'efforcer de trouver les réponses aux questions qu'il se pose.

– Voilà que Monseigneur m'a servi un page avec de la cervelle.

– Ne vous moquez pas, maître. On dit souvent que la curiosité est une maladie. Moi, je dis que c'est elle qui fait circuler mon sang. »

Johannes sourit dans le noir. Il se tourne à nouveau sur le côté pour reprendre ses aises. Draps et couverture sur la nuque et l'épaule, la jambe gauche repliée sur le mollet droit, un peu de fraîcheur sous les reins.

Il dit :

« Tu es bel et bien un espion, Makhiel. Ce qui agite ton sang, c'est surtout la ruse de Monseigneur. Tandis que moi, je ne songe qu'à dormir. »

5

Le lendemain matin, ils vont prier dans la chapelle intérieure du palais, empruntant le labyrinthe des couloirs pour éviter de se mouiller. Cependant lorsque la prière s'achève, il ne pleut plus. Un grand vent se lève. À midi le ciel est tout bleu. Le soleil coule un or froid sur les pignons d'ardoise, taille des ombres complexes sur les pavés encore humides. Johannes hésite à faire une promenade.

Il y renonce, se contente d'aller vérifier le contenu de sa grande malle de peinture, ses fioles et ses outils. Pour l'heure, rien n'a souffert. Les cloisons de sa précieuse *camera lucida* sont refermées sur leur secret comme elles doivent l'être. Les deux points de cire, habilement placés, sont intacts. L'indiscrétion d'un Makhiel, s'il est ce que l'on pense, ou de quelque autre curieux, les briserait à coup sûr.

Le froid, cependant, trouble quelques produits et même coagule certaines huiles. Une idée lui vient, qu'il entreprend de noter sur un feuillet de gros papier. Lorsqu'il relève le nez, il neige à nouveau. Il neige alors que le ciel est encore bleu pour moitié.

Le reste de l'après-midi, il le passe dans la lecture d'un ouvrage de maître Hugues de Saint-Victor. Ou à regarder la neige tomber. Belle, molle, lente. Une majesté de grand oiseau qui se résout à rejoindre le sol après un vol immense. S'y résolvant avec tant de délicatesse, tant de mansuétude qu'elle ne peut vaincre l'humidité des pierres et la boue de la terre qu'aux premières ombres du crépuscule qui, lui, devient tout blanc.

C'est alors que Makhiel semble saisi d'une grande agitation. Le visage plus sombre que la lumière du dehors, il allume des lampes à mèches d'huile. L'œil attiré par sa grise mine, se souvenant de leur échange de la nuit, Johannes cherche à faire le bon maître. Il pose une question. Makhiel lui répond en s'approchant, le dos raide, le sourcil froncé.

« L'autre jour, j'ai entendu messire Baudoin vous parler du siège des Anglais devant Orléans. On dit ici que les choses ne s'y déroulent pas si efficacement que cela. Que Montacute peine à encercler les murailles de la ville.

– Ah ?

– Surtout, il y a une autre nouvelle. On dit qu'en Artois, près de Vaucouleurs, il y a une fille vierge qui va partout clamant qu'elle a entendu la parole de Dieu. Elle assure avoir vu la Très Sainte Vierge. En même temps qu'elle la voyait, c'est la parole de Dieu qu'elle entendait. Une parole sans ambiguïté qui lui ordonnait d'aller défendre Orléans contre les Anglais et sauver le roi de Bourges.

– Voilà qui n'est pas neuf. Des filles qui ont vu et entendu Dieu, ou Marie, ou même se sont promenées au paradis pendant quelques heures, il en est plus qu'on ne pourra jamais en peindre dans une procession de pucelles.

– Vous n'en croyez rien ?

– Dieu m'en préserve.

– Celle-ci pourrait dire la vérité.

– Pourquoi celle-ci plus qu'une autre ?

– On dit qu'elle n'est pas une folle ordinaire, qu'elle possède une conviction qui ébranle.

– Ah !

– On dit qu'elle se montre sérieuse comme aucune autre.

– Oh, certainement. S'il est une chose dont je ne doute pas, c'est bien son sérieux. »

Le rire de Johannes est sans indulgence.

« Est-il sérieux d'affirmer que l'on entend la parole de Dieu ainsi qu'Abraham ou Moïse ? »

Makhiel ne se laisse pas impressionner.

« Dieu pourrait choisir le roi de Bourges.

– Oui ?

– Je n'aimerais pas que Dieu choisisse le camp qui n'est pas le nôtre. »

Johannes referme son livre. Son regard brille du désir de faire le savant.

Il dit :

« Dieu ne choisit jamais un camp. Ou plutôt : le Tout-Puissant est de tous les camps. Ce qui va de soi, sinon Il ne serait pas ce qu'Il est. Tout pareillement en va-t-il de Monseigneur le duc. L'incertitude ne lui est pas de bonne compagnie. Qu'il s'agisse du repas du soir, d'une guerre ou d'une femme, Monseigneur se garde toujours une fortune de réserve. Il est à bonne école. Il y a Dieu et après il y a lui. C'est pour cela qu'ils sont nos maîtres, jeune Makhiel. Nos Tout-Puissants. Dieu et nos princes savent gagner les deux côtés d'une médaille. Quant à savoir si cette fille dont tu parles, en une réalité vraie, pourrait avoir entendu la voix et les mots de Dieu, je doute qu'il soit nécessaire de se poser la question. »

Makhiel prend le temps de laisser retomber tout ce discours avant de demander :

« Pourquoi doutez-vous si fort que cela puisse être vrai ?

– Je crois que la vérité, si on la pèse à l'aune des imaginations humaines, devient une vaste maison confuse, pleine de pièces et de recoins, où il est bien difficile de trouver son chemin. On en ressort plus souvent par les fenêtres que par la porte. Comme les voleurs et les amants bannis. Et le plaisir qu'on y a pris dedans nous a rarement éclairci les idées. »

Cette fois, Makhiel ne répond rien. Il reste planté là, à regarder la neige. Assez longtemps pour que Johannes puisse considérer qu'il a apaisé le feu couvant sous les sornettes de ses inquiétudes.

Pourtant, Johannes déjà debout, nouant son turban rouge pour se rendre à complies, Makhiel, d'une voix à peine voilée d'un reproche, souffle contre sa nuque.

« Pourquoi ne faites-vous jamais des images où l'on voit les batailles, les sièges et les massacres, maître Johannes ? Les victoires ou les déroutes, ainsi que toutes les joies et peines qui s'ensuivent ? »

La question est aussi traîtresse qu'un frôlement d'ortie.

« Je peins ce que l'on me commande, messire Makhiel. Avec un contrat, des dates et des florins. C'est ainsi que s'exerce mon métier, comme tu ne l'ignores pas. Il en va ainsi avec ton maître, le duc, qui est aussi le mien. Pour l'heure, ni lui ni quiconque ne m'a commandé de scènes de bataille ni de déroutes, ni "de toutes ces joies et peines qui s'ensuivent". Ce qui me va fort bien. »

6

Quittant Dijon, les hommes d'armes durent retirer les oriflammes de leurs piques. Désormais, ils ressemblaient à ces routiers qui traversaient méchamment l'hiver, pillant de-ci, de-là pour atteindre le printemps. Messire Baudoin lui-même fit dans le bizarre. La tête couverte d'un chapeau de fourrure aussi haut que large, les oreilles disparues dans les poils de loutre, le front plissé, le regard de pierre, une manière de fureur dans le menton gris de barbe, à lui tout seul offrant le spectacle terrible d'une bataille.

À l'approche de la nuit, messire André cessa de s'adresser aux échauguettes des cités pour annoncer les ambassadeurs de Monseigneur le duc Philippe. Il disait :

« Nous sommes des gens de Flandre allant en Ibérie pour acheter de l'épice. Nous passerons la nuit dans une auberge et quitterons la ville demain. »

Ce qu'ils faisaient. Ils trouvaient parfois trois chambres, parfois une seule, grande et encombrée de lits. Les serviteurs se partageaient des paillasses dans des recoins. Les hommes d'armes, tenus hors les murs, s'invitaient avec quelques pièces de bronze ou des braillements, c'était selon, dans les chaumières serrées au pied des remparts.

Une fois chacun à sa place, messire Baudoin se

détendait. Bonne chair et grosse boisson. Toujours cependant avec un fond de l'œil sévère. En homme à qui on ne fera pas luire des vessies en place de lanternes. Qui sait apprécier les fillettes d'auberge et y puiser, sans grosse dépense, son content de volupté. S'attirant le regard noir de messire André, ajoutant ainsi, au simple plaisir d'un instant de chair, celui de la provocation.

« La route est longue, messire André, jusqu'à votre épice d'Ibérie ! Je n'ai pas votre patience ni votre belle constitution. Me faut un peu de miel au bout de la cuillère pour bien dormir. Rêver aux gloires d'ambassade n'y suffit pas. »

De son sourire qui disait une chose et son contraire, messire André ignorait le sarcasme. Il évitait de manger à la même table et repoussait durement les gamines qui venaient glisser leurs poitrines pâles sous son nez. Seul à seul avec Johannes, il demandait :

« La virginité de l'infante se verra-t-elle sur vos portraits ?

– J'en doute. Un visage révèle bien des choses mais pas celle-ci.

– Que dites-vous là ? Pourtant lorsque vous peignez une Sainte Vierge, cette virginité est bien visible !

– Oui et non.

– Comment ça, oui et non ?

– La Vierge que nous peignons est une Vierge, à n'en pas douter. Toutefois ce n'est pas une reproduction de la Très Sainte Mère du Christ. Le visage que je peins appartient d'abord à une jeune fille ou une femme dont j'ignore l'état. D'avoir perdu son pucelage n'en corrompt ni la beauté ni la fraîcheur. Parfois bien au contraire.

– D'où vient alors que ces visages apparaissent si

virginaux dans vos images peintes ? Votre science serait si grande que vous parviendriez à réaliser le miracle de la reconstitution de l'hymen dont rêvent toutes les filles déchues ?

– Que non ! Ce miracle, c'est vous qui l'accomplissez, messire André.

– Moi ?

– Je peins des yeux, une peau, une bouche. Plus quelques indications qui vous font reconnaître ces traits comme ceux que nous imaginons appartenir à Marie dans sa splendeur. Vous faites le reste.

– Vous êtes bien obscur, maître Johannes.

– Vous voyez un visage. Ce pourrait être un simple et beau visage. Mais on vous affirme par quelques signes qui nous sont communs à tous que c'est celui de notre Très Sainte Vierge. Vous ressentez alors l'émotion de voir le visage pur de Marie. Votre imagination s'en saisit comme le modèle même de l'innocence. Plus tard, vous chercherez parmi les filles qui nous entourent une émotion identique. Vous voudrez y reconnaître la face sublime de la Très Sainte. Les mêmes signes de pureté. Une tendresse des lèvres, une pudeur du regard, un soyeux du cou ou la rougeur d'une pommette. Vous en ferez votre preuve intime de la virginité. Mais qu'en est-il en vérité de leur hymen, messire André ?

– Quelle étrange tournure d'esprit que la vôtre, maître Johannes ! Voilà bien des subtilités. On croirait que vous me parlez d'une tricherie. Cela ne me plaît guère.

– Détrompez-vous, messire André. Une émotion n'est jamais une tricherie.

– Il se peut. Pourtant, si je vous entends bien, vous ne dites pas autre chose que le rase-mottes de Monseigneur : la vérité, seul celui qui s'y frotte la connaît.

Si c'est là le fond de votre pensée, pour parler clair, comment vous y prendrez-vous avec l'infante ?

– Je n'ai pas d'autre ambition que de peindre son visage.

– Pas de modestie avec moi, maître Johannes. Monseigneur m'a dit qu'il vous reviendrait, à votre guise, de vous assurer de son état. Que vous avez tout le savoir pour cela.

– Monseigneur se moquait seulement de cette manière que j'ai de faire poser ceux dont je peins le portait. La chose l'amuse. Il y voit un peu d'alchimie. Il préjuge que je tire de cette observation un discernement des visages plus grand que le sien. Ce qui est impossible. En vérité, je ferai comme vous. J'espère ressentir auprès de l'infante cette même émotion qui vous saisit devant la face sublime de la Très Sainte. Pour le reste, nous nous contenterons de ce qu'on nous affirmera. Sans crainte. Car si on y songe bien, messire André : comment pourrait-on nous mentir, puisque Doña Isabel, pour ainsi dire, transportera avec elle la preuve de sa sincérité afin de la remettre entre les mains de Monseigneur ? »

Messire André souriait de son sourire à deux faces et n'en croyait pas un mot.

7

C'est le printemps et non l'hiver. Le printemps dans un jardin immense, de la taille du monde. Avec, dans le lointain, entre les falaises et les vallées, des villes du Nord aussi bien que du Sud. Chaudes de lumière dans le bleuté des brumes. Tout devant dans un pré, éclatent des buissons de roses et d'aubépines, des dahlias, des lys et des pivoines, des ancolies et des cœurs de Jeannette, des simples, de la sauge, des primevères.

Là, Marguerite danse en riant.

Foulant les fleurs sans jamais les blesser. Dansant sous le regard d'un homme. La bouche ouverte, les mains vivantes comme des papillons. Cheveux dénoués glissant d'une épaule à l'autre. Une robe rose pâle sur son corps, une couronne d'anémones rouges et bleues sur sa tête. La beauté. La beauté qui se moque du regard de l'homme sur elle. Ses tempes et ses lèvres sont emperlées de sueur. Elle fume de son plaisir de danser sur le pré gorgé de fleurs.

L'homme que l'on ne voit pas s'approche. De la main il voudrait ralentir la danse de Marguerite. Il n'y parvient pas. Il demande : « Qui est celle qui monte du désert en colonne de fumée ? »

En réponse à sa question, les côtés du jardin se peuplent d'innombrables visages. D'une fontaine un peu bizarre, tordue, maladroitement dessinée par un peintre qui ne saurait appliquer les lois du proche et du lointain. Une fontaine vers laquelle progressent tous ces gens. Ils ne le peuvent car Marguerite danse toujours dans le pré. Avec son beau visage. Avec sa tendresse de lèvres, ses paupières pudiques, le soyeux de son cou et la rougeur de ses pommettes. Elle saute dans les bras de l'homme qui pâlit. Qui se sent le cœur lourd. Sur sa joue souffle l'haleine de la fille qui vient de danser. Sous la pulpe de ses doigts irradie la chaleur du corps d'une femme au ventre lisse. La chaleur, le ventre, la pulpe, le désir d'une jeune femme. Cette corde tendue, cette suavité de ce qui se devine. Le dur, le doux. Le tremblant. Tout ce que la beauté engendre de terrible.

L'homme montre les visages qui approchent de la fontaine. Il prie en silence pour que Marguerite comprenne à quel point cela ne se peut.

Elle le quitte. Se dirige vers une allée de buissons, de houx, de cytise jaune d'or. Un vaste verger, une touffeur verte où luisent des pommes, des prunes, des poires, des figues, des cerises. Là, surgit un nouveau cortège. Des filles vierges par centaines. Chacune vêtue comme Marguerite, des palmes bien vertes entre leurs doigts aux ongles transparents. Toutes le cou ployé sur le côté, la tête et les paupières inclinées car le vent souffle sur elles et non sur les palmes. Allant devant, la cuisse et la hanche poussant le damas des robes, viennent les plus nobles. Les plus certaines, assurées, véridiques vierges. Agnès de Rome, Dorothée de Cappadoce, Catherine, Ursule ou Barbe. Marguerite se glisse entre elles. Saisit leurs mains. Elle voudrait que l'on compare son visage aux leurs. Comme elles, elle incline la nuque. Baisse les paupières. Le rose de ses lèvres est une vibration qui résonne dans chacun des verts de ce jardin aussi immense que le monde.

Johannes entend la question qu'elle pose à l'homme.

Il voudrait lui crier qu'elle ne doit pas, ne doit pas, absolument pas, faire ce qu'elle fait. Pas en ce jardin. Pas en ce jardin où ce qui est animal doit demeurer rayonnant de pureté. Où ce qui est animal est offrande. Une laine immaculée de l'espoir. Une soumission.

Il crie sans effet.

Chaque chose acquiert une précision diabolique. Les clochers, les tours, les murailles des villes lointaines. Le ciel laiteux du fond du monde. Les cascades de roches, les pins tourmentés sur les grottes voilées. Les ombelles des saxifrages, ici devant. Les boules plumeuses des pissenlits à ses pieds. Le regard de chaque homme dans la foule. Les veines de leurs mains, ici. Le reflet blanc d'une maison, là-bas, dans le bleuté de l'infini où se perd la présence de l'univers.

Tout se voit jusqu'à la douleur.

Se voient les corps des vierges sous leurs robes.

Se voient les papes, les juges, les confesseurs qui avancent au-devant du cortège des filles. Se voient leurs visages, leurs yeux, leurs rides, leurs bouches, bien à eux et distinctes, tous hurlant que rien n'assure la vérité dans un monde où tout se voit.

Ils agitent des palmes à leur tour.

Les vierges murmurent en réponse que le vrai n'est pas la preuve de la vérité.

Comment ne pas être confondu par tant de puissance ?

Johannes crie sans effet.

Comment Marguerite ose-t-elle encore danser de bonheur ?

L'homme crie sans effet.

Les yeux de Johannes s'ouvrent.

Le visage de Makhiel tout près du sien, la joue posée sur le même traversin de plume. Les yeux grands ouverts, lui aussi. L'observant.

Le jour dans une chambre d'auberge au plafond très bas.

À côté, d'autres lits où l'on ronfle.

Makhiel n'ouvre pas la bouche, ne cille pas. Son regard ne dévie pas non plus. Messire le page Makhiel, l'espion de Monseigneur.

Peut-être, peut-être pas.

Johannes se met à plat dos et referme les yeux. Il dit :

« Je rêvais. »

8

À Lyon, sur l'avis de messire Baudoin qui en redoutait l'humeur et les embarras, les voyageurs évitèrent la ville par l'est. Ils louèrent des bateaux pour descendre le Rhône jusqu'en Avignon. D'énormes barcasses de bois gris, aussi plates et larges que des radeaux. Les charrettes et les chevaux y furent attachés par des chaînes et des boucles de fer scellées dans les ponts de chêne. Avec une maîtrise qui impressionnait, les mariniers lancèrent ces monstres dans le fleuve brun de boue et glacé.

Ensuite, ce ne furent plus que tangages et grincements. Le fleuve grondait, crissait, tourbillonnait. Des vagues opaques mordaient les berges, montaient jusqu'aux basses branches des arbres. Des plaques d'écume s'étiraient en bulles visqueuses, souillées d'herbes et de bois brisé. Les premières heures, la peur agrippa les entrailles des voyageurs aussi bien que s'ils étaient acculés dans une mauvaise bataille, sans autre issue que la mort. Messire André fut le premier à rendre sa soupe du matin. Les serviteurs gémissaient, accroupis contre des barriques, piaillant que ce n'était plus un fleuve qui les emportait mais un dragon, la gueule crachant écume et bave. Messire Baudoin, tout blême, leur botta les côtes pour les faire taire. Il quitta son haut chapeau de fourrure de peur de le perdre dans les flots.

Johannes craignait moins pour lui que pour son coffre de peinture qu'un bateau emportait tout devant, entre sa jument et l'alezan de Makhiel. Si le coffre venait à tomber à l'eau et se perdre, il se présenterait devant l'infante du Portugal en homme nu et impuissant.

Une grande heure avant la nuit, enfin, le fleuve se courba selon une anse un peu molle. Là, le courant s'apaisa. Des maisons grises aux toits d'ardoises si bas qu'ils touchaient le sol soulignaient la rive. Un bras de terre planté d'arbustes dénudés, tout noirs, griffant le vent et le jour gris y protégeait une sorte de port. Les mariniers laissèrent les bateaux y courir sur leur erre, pareils à des attelages épuisés.

9

Durant trois jours encore ils se tinrent agrippés aux plats-bords des barcasses. Ils s'habituèrent au vacarme de l'eau. Au bois qui grinçait et vibrait, aux gueulantes des mariniers, à leur assurance brutale. Comme eux, ils s'enturbannèrent la tête de longs tissus afin de mieux résister au vent humide. Sur leurs conseils, messire André mâcha des feuilles de menthe du matin au soir afin de moins vomir. La fascination des vagues, des remous, des éclaboussures d'écume les quitta. Le calme, sous leurs pieds comme dans leur cervelle, revint assez pour qu'ils découvrent les paysages qui les entouraient.

Entre les collines tranchées de falaises, les nuages demeuraient bas, d'un gris lisse et sans matière. Progressant vers le sud, le fleuve s'élargissait, prenait ses aises, moins rageur. Ils n'étaient plus dans la gueule du dragon mais sur la houle vaste de son dos. La neige recouvrait encore les champs et les bois, mais en une couche de plus en plus fine. On y devinait des chemins, des traces de carrioles. Des touffes de gui ébouriffaient l'aisselle des vieux poiriers. Les perles translucides des baies luisaient contre le jour pâle. Des vignes grimpaient çà ou là. Les ceps chauves et noirs se tordaient au ras du sol, dessinaient des géométries sans couleur. Le blanc et le noir d'une ébauche au plomb.

Makhiel demeurait le plus clair du temps au côté de Johannes. Une après-midi, il pointa le doigt sur une rive semée de cailloux, d'arbustes bas, où la neige commençait à fondre. Une troupe de sangliers, laies et marcassins, y labouraient le sol avec gourmandise. Malgré le vacarme du fleuve on pouvait deviner les grognements des mâles. Pas un ne leva la tête pour s'inquiéter des barques qui couraient à portée de flèches.

Quelqu'un sur le bateau dit que c'était un beau festin que l'on manquait là.

C'est alors que les marcassins s'égaillèrent avec des jappements aigres. Comme pris de folie, zigzaguant entre les arbustes. Se bousculant, se renversant les uns les autres. Une sarabande forcenée. Les barques s'éloignent déjà. On comprend seulement que les jeunes cochons poursuivent une nichée de lièvres. On devine les fourrures fauves qui bondissent entre les cailloux. Ces culs de duvet blanc qui cabriolent sous le nez des marcassins. Aussi agiles que des puces échappant aux doigts d'un vieillard. On entend encore des jappements. Les barques sont emportées par le courant. La houle du dragon s'écoule sans répit. C'est à peine si on peut distinguer encore la hure des grosses laies. Tout s'éloigne. Se mélange. Nous sommes loin.

Johannes et Makhiel rient de bon cœur.

Plus tard, Makhiel demande :

« Est-il vrai que lorsque je vois des lièvres dans une image peinte je dois deviner à travers eux la présence de Vénus et de la luxure ? »

Johannes le considère en levant un sourcil. Cherche sur le visage amusé du page ce que peut cacher la question. Rien de plus que le sens des mots, à ce qu'il semble. Néanmoins, il demande à son tour :

« Ignorerais-tu ce que le Livre nous enseigne du rôle de chacun des animaux de la Création ?

– J'en connais quelques-uns. Le renard est signe de fourberie. La pie évoque le Christ en croix et les gibets. Le corbeau est le messager de l'espérance. Le paon est signe d'immortalité. Cela parce que les anciens considéraient sa chair aussi incorruptible que celle du Christ dans son tombeau. »

Les joues de Makhiel plus rosies par la vanité que par le froid. Heureux de montrer son savoir, espérant piquer l'orgueil de son maître. Y parvenant sans doute car Johannes ne peut s'empêcher d'entrer dans la joute :

« Et aussi grâce à son plumage. Un philosophe grec du nom de Pythagore a écrit un ouvrage sur l'immortalité céleste où il assure que la queue déployée du paon est pareille au firmament nocturne. Encore qu'il ne faille pas oublier la mise en garde du sage maître d'Unterkircher : "Quand le paon fait la roue sous tes yeux, n'oublie pas qu'il montre son cul tout nu au reste des vivants." »

Makhiel rit. Un rire léger, enfantin. Pas un rire d'espion. Peut-être n'y a-t-il en lui, après tout, rien d'autre que le plaisir d'apprendre et de se divertir en jouant de son esprit. Il rappelle à Johannes un peu de la tournure d'esprit de Marguerite. Une pensée qui dresse brutalement en lui les images du mauvais rêve qui a gâché l'une de ses nuits précédentes. Pour s'en débarrasser il poursuit le jeu, demande :

« Sais-tu pourquoi, lorsque l'on peint la Sainte Vierge dans la nature, nous devons la peindre près d'une fontaine, d'une source ou même d'un fleuve ? »

Makhiel ne prend qu'à peine le temps de la réflexion :

« Parce qu'il est dit dans le Livre qu'elle est une onde, une source d'eau vive, un torrent de la terre sacrée.

– Reste à comprendre pourquoi le Livre affirme cela. Toute cette eau qui nous entoure te fait-elle songer à notre Sainte Vierge ? »

Johannes désigne les remous baveux d'écume, les rives qui leur échappent.

Le regard redevenu sérieux, Makhiel secoue la tête. Un page attentif à la voix de son maître.

Satisfait de son effet, Johannes ajoute :

« Pourtant tu devrais. Maître Suso t'en donne la raison dans son *Livre de la sagesse éternelle* : "L'homme est ici-bas comme un voyageur assis sur le rivage d'un fleuve. Il attend le bateau qui doit le conduire dans un pays d'où il ne revient pas." La Sainte Vierge est onde en ce sens qu'elle draine nos vies vers leurs buts. Comme les sources et les fleuves, la force avec laquelle elle nous emporte est toujours renouvelée, toujours semblable et cependant jamais la même. Ainsi que cette eau, ici devant toi, bientôt se noiera dans l'océan pour ne jamais revenir à son origine. Elle s'unira à l'invisible matrice du monde d'où naissent les continents, les pays et la vie, les nuages et la pluie qui engendrent les fleuves. »

Il se tait. Laisse courir son regard. Un sourire patient et ambigu tire ses lèvres. Comme si, avec un peu de regret, il laissait aux flots du Rhône le temps de raboter, délaver la pesante vanité, l'inutile frivolité de leur jeu.

En vérité, ce qu'il vient d'énoncer secoue son propre esprit. Peut-être bien, oui, suis-je comme l'eau qui va se noyer dans l'eau. Cette barque est mon fétu de Moïse. Je suis né et toujours naissant. Ce qui est devant compte plus que ce qui est derrière. Mais quelle sœur de Pharaon me donnera le sein à boire là-bas où le temps m'emporte ? Quel visage peut avoir une Doña Isabel de trente ans et vierge ? Si elle est vraiment laide, vraiment vieille, vraiment vierge, que deviendra le savoir de maître Johannes ?

Sans s'en rendre compte, il sourit.

Makhiel respecte son silence.

Un silence que le crissement de l'eau brisée sous la coque remplit tout entier.

Sans cesser de sourire, Johannes se tourne vers Makhiel. Cette fois, d'une voix toute simple, il dit :

« Si l'homme est ici-bas comme un voyageur dans l'attente du bateau qui doit le conduire dans un pays d'où il ne reviendra pas, nous, nous sommes déjà dans la barque. »

10

Le grand soleil du Sud les surprit la veille de leur arrivée à Avignon. Durant la nuit, un vent violent avait dispersé les nuages, laissant le ciel aussi bleu qu'un drap. Ils découvrirent les minces collines du lointain, pareilles à des pétales transparents et froissés sur l'horizon. Sur les rives du fleuve, les cierges des cyprès traçaient des routes sinueuses. De minuscules chaumières aux toits rouges parsemaient les champs gris des oliviers, la terre d'un brun de Sienne ou des étendues de cailloux blancs où ne poussaient que des herbes rabattues par le vent, aussi dispersées qu'une chevelure de vieillard. Ils longèrent d'immenses forêts de chênes, si serrées qu'on ne pouvait imaginer un homme y pénétrant. Les mariniers affirmèrent qu'elles n'étaient peuplées que de vipères, de sangliers et de loups. Que des satans et des sorcières s'en faisaient aussi des abris pour engendrer le Mal.

De très loin ils découvrirent les tours et les murailles de Pont-Saint-Esprit. D'abord flottantes, sans plus de substance qu'un reflet. Puis d'un ocre plus certain, plus consistant, jusqu'à devenir de la pierre et des ombres. Makhiel s'écria que c'était comme si l'on voyait surgir la silhouette d'une Jérusalem dans le lointain d'une image peinte.

La remarque entraîna Johannes dans une confidence. Il montra comment le ciel au-dessus de leur tête demeurait d'un bleu profond, aussi épais qu'une laine, tandis que l'horizon se dissolvait peu à peu en une gaze dénuée de ton, aussi tremblante qu'un murmure. Un lait qui absorbait les matières. Traversait les formes pour n'en laisser que le frémissement de la présence. Il dit :

« C'est ainsi que, par le simple jeu des couleurs, on désigne le proche et le lointain dans une image que l'on veut juste. Mais cela ne suffit pas. Si tu regardes bien tu dois t'apercevoir d'un autre effet. »

Bien sûr, Makhiel eut beau écarquiller ses yeux intelligents et curieux, il ne vit rien. Johannes saisit une baguette de jonc qui traînait sur le pont du bateau. Il la plaça devant les yeux de Makhiel, parallèlement à l'horizon, avant d'expliquer :

« Lorsque l'on peint une image, particulièrement si elle montre un vaste espace, on l'ordonne selon l'emplacement où elle sera fixée et offerte aux regards. En fonction de cette place, il nous faudra, pour la voir, soit lever les yeux soit les baisser. Maître Roger Bacon, dans son *Opus maius*, rappelle une loi du regard énoncée il y a plus de mille ans par le Grec Ptolémée : "Dans un plan éloigné horizontal, les parties les plus reculées semblent être plus hautes que l'ensemble proche, si celui-ci est sous l'œil. À l'inverse, elles apparaissent bien plus basses si les éléments les plus proches sont au-dessus de l'œil." »

Il se passa un moment avant que Makhiel, levant et baissant devant son visage la tige de jonc, admît ce que ses yeux voyaient malgré l'aveuglement de sa compréhension.

Johannes ajouta :

« Il n'y a pas de plus importante épreuve, pour celui

qui peint avec l'ambition que son ouvrage produise autant d'émotion que la réalité, que de parvenir à agencer dans la même image ce qui se distingue dans l'infini du lointain et ce que l'on peut voir au plus près de soi. Dans un miroir ou sous un verre grossissant s'il le faut. Celui qui y parviendra deviendra le prince des peintres. »

11

À Avignon, messire André et messire Baudoin eurent à remettre des lettres de Monseigneur aux prélats occupant l'énorme palais de la cité. Pour cela, il fallut prendre logis dans une auberge plaisante, profiter de belles chambres, plus vastes et confortables qu'aucune de celles où Johannes a été contraint de trouver le sommeil depuis leur départ de Dijon.

La ville d'Avignon était alors tout aussi réputée pour ses querelles de papes, ses remparts tout neufs, les fines ogives de sa forteresse que pour ses étuves et ses femmes de commerce aux allures fringantes. Elles s'inventaient, disait-on, des apparences selon des modes empruntées aux voyageurs, qu'ils vinssent d'Italie, d'Espagne, de France ou de Flandre. Johannes se refusa pourtant, au risque de l'offenser, à y suivre messire Baudoin. Il n'avait plus partagé de bain avec une femme depuis le dîner en compagnie d'Ydria et n'avait pas l'intention d'y revenir de sitôt.

De plus, le plaisir de son vit le démangeait moins que celui de dessiner. Tout son temps libre, il le passa à arpenter les ruelles, les places et les chemins de ronde. Parfois traversant le fleuve, marchant jusqu'aux petits bastions des reclus qui dominaient la colline de la rive opposée.

Un gros sac de cuir lui pendait à l'épaule. Il en tirait de quoi noter minutieusement tout ce que ses yeux pouvaient rencontrer d'architectures anciennes ou nouvelles. Trumeaux et fenêtres en arcs ronds ou brisés, bas-reliefs, colonnes, voûtes, clochetons. Il dessinait aussi le pont aux piles curieusement écartées, l'île aux moines fouaillée nuit et jour par le vent du nord. Encore des églises dont la construction remontait à plusieurs siècles mais embellies de rajouts récents et de fresques à l'italienne. Il dessinait jusqu'aux figures maladroites qui en recouvraient les murs, les plafonds et les poutres, les stalles de confesse, les boiseries et les sièges. Aussi, il s'assit sur les places, au coin des boutiques pour saisir des faces de gens d'ici. Des visages de vieilles en bonnets de coton, des gosses sans dents aux regards fous, des mains de vieux artisans. Une fille enceinte qui portait des fromages. Des profils d'hommes, des bijoux, des draperies dans un étal et même un rayonnage de livres fait en bois d'olivier. Cinq ou six heures de dessin par jour. Dès que le soleil se levait.

Au soir, il roulait les bandes de papier dans l'étui de cuir, l'enfermait dans le coffre que Makhiel avait ordre de surveiller comme la prunelle de ses yeux.

Avant leur départ, un courrier fut envoyé en Flandre afin que Monseigneur puisse prendre connaissance de la réponse des prélats à ses missives. Johannes en profita pour écrire une lettre à Marguerite qu'il envoya par le même moyen.

Ma sœur, nous sommes en Avignon depuis cinq jours. Cinq jours à dessiner du matin au soir. Rien n'est enfui de mon poignet. Je ne supportais plus l'oisiveté, bien que de nombreux moments du voyage aient été instructifs. Je suis maintenant heureux d'être dans le Sud. Le soleil rend les nuages tout blancs, comme ils le sont rarement chez nous. Tu aimerais ses ombres pleines d'angles et la transparence de l'air qui donne parfois l'impression de respirer dans du verre brisé. Le matin, un peu avant midi, surtout. Malgré le vent qui nous glisse un froid glacial sur les côtes, on se trouve saisi par une curieuse légèreté. Si l'on regarde loin le paysage depuis les remparts, il semble ne pas posséder le même poids de terre que chez nous. Ce peut être dû au fait que l'on voit parfois des horizons de plus haut. Ou aux chemins qui sont plus blancs, plus poussiéreux. Lorsque nous y marchons, l'illusion vient que nous ne touchons pas tout à fait le sol et qu'une matière indécise s'interpose entre lui et nous.

Makhiel, le page de Monseigneur devenu mon serviteur, s'avère être un garçon étrange. Il est probable qu'il t'amuserait si tu venais à le rencontrer. Sa curiosité est presque aussi insatiable que la tienne. Il n'est pas sot non plus. De temps à autre, j'en viens à penser qu'il est surtout, et tout entier, le fruit d'une malice de Monseigneur. Dans quel but ? De me divertir ou pour une autre raison que je ne peux encore te confier.

Messire André et Messire Baudoin se montrent chaque jour plus soucieux de l'accueil que nous allons trouver au Portugal. Ce que sera l'infante, belle, pure ou tout le contraire, est leur grande affaire. Par instant je pourrais me laisser croire que nous allons en pèlerinage à Jérusalem nous assurer de nos propres yeux de la réalité de la Sainte Vérité. Pour moi, c'est le prochain mélange

de mes pâtes de couleur qui me soucie. Une idée à ce sujet m'est venue qui pourrait être la bonne. Donc, comme tu le vois, je n'ai encore rien à te dire qui t'intéresse vraiment. Si la pensée d'une femme me venait, elle aurait certainement ton visage, tes grimaces et tes tyrannies. Je m'en dispense avec plaisir.
As-tu montré la Mappa Mundi *au fils d'Ydria ?*

Ton frère Johannes.

12

Très peu de temps leur fut nécessaire pour aller d'Avignon à Montpellier d'abord, puis jusqu'à Albi.

Le vent froid soufflait sans cesse, entretenant un ciel sec et limpide. Un vent qui fouettait les nerfs. Messire Baudoin assurait même qu'il rendait fou, chaque hiver, quantité d'hommes et de femmes. Particulièrement les veuves, les paysans sans femmes, les borgnes d'un sexe ou de l'autre.

« Choses apprises dans les étuves, choses sûres. »

Cela dit avec un regard sur Johannes entre le lard et le cochon. Toujours fâché d'être allé seul au spectacle de la mode des demoiselles d'Avignon. L'envie le démangeant d'ajouter à sa liste des déments à venir les valets de peinture sans épouse, le poignet plus ardent à la plume d'oie qu'à la satisfaction des entrecuisses. Puis grognon, devant la mine hermétique de Johannes. Passant à autre chose. Saoulant son monde de caquetages sur les bizarreries des gens du Sud. Leur hérésie forcenée, leur peau plus ridée et plus sombre qu'elle ne devrait, leur caractère sournois et fuyant, leur goût pour les ânes et les chèvres. Leur remugle perpétuel d'olive, leur vin acide, leur manque général de splendeur, et mille autres malignités.

Qu'importe, messire Baudoin pouvait se noyer de paroles, Johannes n'écoutait rien. Il n'était pas une once de son corps qui ne vibrait d'excitation. Les effets du vent, la netteté des matières, les ombres tranchantes, tout le comblait. Il avançait la poitrine comme ouverte en grand, badigeonnée de ravissement par le gris des feuilles d'olivier, la torsade des troncs d'yeuses, l'odeur des feux de cades, le rouge des toits, le blanc des puits, le jaune des voiles des moulins. Rien n'était plus vivant que le poil des baudets, quelques fois, dans l'aube, alors qu'ils se remettaient en marche au soleil rasant.

Au crépuscule, souvent, Johannes grimpait jusqu'au sommet d'une colline, d'une tour ou s'installait sur les créneaux d'un rempart. Il tournait le dos au gros astre s'effondrant et regardait.

Un soir, Makhiel surgit. Aussi silencieux qu'il le put. Les aiguillettes de son chaperon bleu, bousculées par la violence du vent, s'entortillaient devant son nez rougi de froid. Johannes ne bougea pas, l'obligeant à prendre du temps avant de poser sa question. Qu'il finit par chuchoter tout bas, comme s'ils étaient dans une église.

« Que regardez-vous ?

– La lumière. »

Makhiel regarda à son tour. Demanda encore :

« Comment peut-on regarder la lumière ? Je vois seulement des choses.

– Regarde entre les choses. Puis la matière des choses. Tu y trouveras la lumière. »

Ils se taisent. La nuit vient.

Elle vient en force, de partout de l'horizon, lancée depuis le fond du monde sans rien qui puisse lui résister. Elle monte du sol, se hisse droit devant eux. Elle forme une masse bien précise mais d'une dimension si fantastique que nul ne pourra jamais la mesurer. Elle aimante la lumière, toute la lumière, dans son opacité. Pourtant, avant son engloutissement, la vie du monde visible scintille, plus juste, plus violente que tout au long du jour. Si proche de la chair de l'homme qu'on pourrait la saisir. Y déposer ses lèvres.

Makhiel demande :

« N'est-il pas trop tard ? Il y aura bientôt plus de nuit que de jour.

– Tant que tu vois, c'est la lumière que tu vois. Nous sommes les enfants de la lumière. Dans l'obscurité nous ne sommes rien. »

Cela s'approche si près que Johannes se tourne sur le côté afin de percevoir encore un peu la ligne de l'horizon, les formes qui s'y découpent. Elles possèdent alors la netteté d'un tracé à la pointe d'argent.

Il dit :

« La lumière ne rend pas seulement les choses visibles. Elle révèle leur nature. Un velours n'est pas un étain. Ta main le sait. La lumière le prouve dans son reflet. Les broderies d'or n'ont ni le fil ni la rugosité absorbante d'un drap de lin. Les perles et les gemmes possèdent des lueurs différentes. La peluche d'un tapis doit parler au-dessous de ton pied tout autant que l'éclat d'une ardoise ou d'une céramique. L'haleine d'un homme sans dents se perçoit sur sa bouche. La lumière dit une vérité immuable : nous sommes là. Chose parmi les choses, matière parmi la matière. Il ne suffit pas de respirer, de se mouvoir ou de penser. Nous sommes là parce que nous voyons notre présence dans la lumière qui nous est offerte. Il se peut que Dieu ait choisi la lumière pour seule preuve de la présence de l'homme dans l'univers. Celui qui crée une image peinte ne fait rien d'autre que de montrer à ses semblables la chambre où ils demeurent. Il emprunte à l'esprit divin un peu de son pouvoir. Il dit : la lumière vient de là. Regardez l'ombre qu'elle trace, l'éclat des matières à son contact. Il n'y a pas d'autre vérité que celle que nous avons sous les yeux chaque fois que la nuit s'est éloignée. Il n'y a rien d'autre à peindre. Une chambre peinte, celui qui la regarde doit pouvoir y entrer et y dormir. »

Maintenant, plus rien ne se voit. Il fait nuit.

On entend les cris de ceux qui vont allumer les torches.

13

Un autre soir, alors qu'ils n'ont qu'une maigre chandelle pour éclairer leur chambre commune, Makhiel déclare :

« J'ai repensé aux paroles que vous m'avez dites à Dijon. Que Monseigneur ne mise jamais dans un seul mouvement. Qu'il se garde toujours une fortune de réserve, qu'il s'agisse du repas du soir, d'une guerre ou d'une femme. Cela peut être juste pour ces choses-là, mais ce n'est pas juste pour tout. Vous en êtes l'exemple. Il ne mise sur personne d'autre que vous pour obtenir des images peintes qui satisfassent son plaisir. »

À quoi Johannes ne répond rien. Un sourire peut-être. Qui ne signifie cependant ni son accord ni la complicité de sa pensée.

Makhiel dit encore :

« À vos paroles sur la lumière aussi, j'ai resongé. N'y a-t-il pas un peu de suffisance, et même beaucoup, à croire que l'on puisse reproduire dans une image peinte la lumière que Dieu répand sur le monde ? »

Johannes ne montre aucun agacement. Au contraire, la satisfaction colore sa voix autant que son visage lorsqu'il répond :

« Il est deux pensées qui sont fausses dans ta question. Une image peinte, comme je l'entends, ne se suffit pas de reproduire l'apparence du monde. Pas plus que Dieu ne répand la lumière sur le monde comme s'Il était Lui-même le soleil. Il est écrit dans le Livre : "Dieu dit Lumière et lumière il y a. Dieu voit que la lumière est bonne. Dieu sépare alors la lumière et le noir." Après quoi, Dieu œuvre six jours durant afin que chaque chose et chaque vivant du monde se constitue dans la lumière. Dieu alors, lui-même, peut voir ce qui existe. Il s'en montre satisfait. Le Livre dit : "C'est vraiment bon." C'est le Paradis. Et ce qui habite le Paradis n'a pas besoin d'ordre pour se tenir ensemble. Il suffit que les choses et les vivants soient dans la lumière et sous le regard de Dieu. Exister n'est alors rien d'autre que cela. Il n'y a encore ni connaissance, ni choix, ni action, ni faute, ni excellence. Tel est le Paradis. Les choses et les vivants sont. Leur matière ne connaît ni le temps ni l'espace. Puis une chose se passe. Une action commence. Adam mange la pomme de l'arbre de vie et de connaissance. C'est la Chute. La Chute, cela signifie que le temps qui contient les hommes commence et que s'engendre, de cet instant, un ordre du monde qui est le nôtre. Une vie de la matière qui est la nôtre. Une lumière, un espace qui sont les nôtres. Dieu peut contempler ce nouveau monde, s'Il le souhaite. Mais de loin. L'ordre qui régit notre univers n'est plus le Sien. Il est tout entier notre fruit, notre harmonie ou notre chaos. À nous tous, les vivants et les choses. »

La bouche de Makhiel est si béante qu'elle laisserait passer les mouches si le froid les laissait s'agiter. Ses yeux brillent, attentifs. Est-ce pour autant qu'il comprend les paroles de Johannes ? Rien n'est moins sûr.

Mais Johannes a décidé d'aller jusqu'au bout de sa pensée, serait-elle un grand glacis de rouge profond, presque terreux, qui recouvrirait la surface des pensées du jeune page. Il dit encore :

« Maître Guillaume d'Occam pose la question ainsi : d'où vient l'ordre terrestre du monde ? Il ne peut venir de Dieu car Dieu lui-même devrait alors se soumettre aux lois de l'harmonie du monde. Il devrait accepter, par exemple, que deux plus deux fassent quatre et non cent. Que le lapin ne puisse jamais dévorer le loup. Que le léger ne devienne jamais le lourd. Ce qui ne se peut car Dieu ne se soumet à rien. Comprendre cela, c'est comprendre que notre monde n'est plus le Paradis et qu'il obéit désormais à ses lois propres. Et qu'ainsi il ne saurait révéler le dessein de Dieu. En conséquence de quoi, messire le page, les hommes ont plus à attendre de leur intelligence et de leurs mains que de Dieu.

– Mais Dieu existe ! Il est bien en ce monde, Il y agit ! Nous avons des signes de Sa présence ici. »

Johannes ne répond pas tout de suite. Makhiel peut le voir sourire. Une grande douceur de sourire qu'exalte et réchauffe plus qu'elle ne le devrait l'onde orangée des chandelles. Pour la première fois depuis qu'il pose ses questions, le page Makhiel prend conscience que l'intelligence modèle le visage de maître Johannes plus encore que ses mots. Dans la netteté de ses yeux, la chair ferme de ses joues et ses tempes. Dans l'arc, un peu pâle, de ses lèvres qui ne cessent de sourire. Qui murmurent :

« Il se peut. Il se peut que du Paradis il demeure parmi nous encore un écho. Une manière de souvenir. Parfois entre les choses. C'est pourquoi, lorsqu'on peint une image, il faut être exact. Ne négliger aucun détail. Sinon, on manquera cet écho. On ne peindra que des objets. Des coquilles ayant contenu la faute qui nous a jetés dans le monde, mais qui demeurent désormais vides. »

Johannes se tait à nouveau. Sans un regard pour Makhiel, lui accordant ce silence afin que sa cervelle puisse s'agiter. Mettre les raisonnements bout à bout, les considérer. Cependant, Makhiel est trop occupé par l'émotion de cette conversation pour faire marcher son raisonnement. Alors d'une voix basse, bien que sans aucune compassion, et même avec une sourde ironie, Johannes ajoute :

« S'il en est ainsi, si cet écho existe, il faut en tirer les autres conséquences. S'il demeure en nous un fragment du Paradis, alors nous sommes doubles. À la fois nous-mêmes et signe de Dieu. À la fois image visible dans la lumière et vérité invisible. Même les connexions entre les choses et les êtres sont doubles. C'est pourquoi tu dis faux lorsque tu parles de l'image peinte comme d'une reproduction des vérités matérielles. Le but d'une image peinte n'est pas la copie. Mon ouvrage n'est pas un savoir de tricherie. Le savoir d'un peintre doit permettre que naisse, dans un cadre à nos dimensions, un instant de ce monde qui court selon les lois humaines de l'espace et du temps. Seule la précision aussi infinie que possible de cet instant nous mettra sur le chemin de l'invisible. Du souvenir du paradis. Afin que notre chaos connaisse ses bornes. Il n'est pas d'autre espoir. »

14

C'est à l'approche de Toulouse que messire André les informa de son martyre. Il avait le cul tout meurtri de furoncles.

Cela lui devint si insupportable qu'il préféra marcher. Puis marcher lui devint tout aussi impossible. Il entra dans la ville à plat ventre sur le chariot transportant le coffre de peinture de Johannes.

Il neigeait sur les briques rouges des remparts lorsqu'on les accueillit dans une auberge haute de trois étages. Messire André fut soutenu et quasi porté jusqu'à sa chambre. Avec une humilité qui témoignait de sa grande souffrance, il demanda qu'on veuille bien lui ôter ses chausses afin de mettre à l'air ce cul qui le faisait grincer des dents. La tâche n'était pas aisée, nécessita plusieurs mains.

Messire Baudoin et Johannes observèrent la scène en retrait de serviteurs affairés. Ils eurent le même regard navré lorsque les fesses du seigneur de Roubaix entrèrent dans la lumière des chandelles. Ce n'était plus un arrière-train mais une bouillie de sang de pus et de chairs en charpie. Le Malin en son enfer n'aurait pas réussi plus belle œuvre.

Tout pâle, les paupières closes, messire André soupira :

« Je devine à votre silence que ce n'est guère beau à voir.

– Le fait est que je vous pensais plus endurci ! marmonna messire Baudoin avec une pointe de satisfaction. Crédieu, voici un siège qui n'est plus à mener, si j'ose dire. »

Quoique dans une position qui ne portait pas aux manifestations d'orgueil, messire André répliqua avec grandeur.

« Je n'ai jamais supporté les longues chevauchées, messire Baudoin. Que voulez-vous, Dieu ne nous a pas tous voulus avec la même aptitude à se faire botter l'arrière-train. Maître Johannes, vous qui êtes savant en tout, le seriez-vous aussi un peu en médecine ?

– Assurément non. Mais nous devons trouver par ici une sage-femme qui puisse vous préparer des pommades.

– Vu l'état de la chose, un barbier me paraîtrait plus recommandable qu'une faiseuse d'anges ! » grinça messire Baudoin bien décidé à avoir le dernier mot.

Une heure plus tard, messire André remit ses furoncles entre les mains de deux maîtresses femmes. La silhouette abondante, les lèvres minces, la coiffe de dentelle immaculée, elles possédaient dans le geste et le regard l'assurance propre à celles qui font leur ouvrage des cris de naissance et de mort.

Bien que n'étant ni celui de Dame Crombbrughe ni la *Mappa Mundi*, elles cernèrent le globe de douleur de messire André d'autant de chandelles que de compassion, de chiffons camphrés, de pommades épaisses et même de paumes caressantes. Avant la dernière prière du soir, les fesses de messire André furent enfin couronnées d'une manière de turban comme le crâne d'un chauve qui se serait fait décerveler.

Les savantes femmes lui annoncèrent qu'il devrait

garder la pose, à plat ventre sur des coussins de plume et de son, pendant quatre ou cinq jours au moins. Il protesta, elles ajoutèrent qu'il en faudrait au moins deux fois plus avant qu'il puisse espérer s'asseoir sur une selle sans que leurs bienfaits soient anéantis. Messire André retrouvant toute la vigueur de ses paroles, elles le conduisirent au silence en lui faisant avaler sa soupe ainsi qu'on le fait avec les petits enfants.

Johannes annonça à Makhiel :

« Puisque nous voilà immobiles pour quelque temps, nous ferons demain un essai auquel je songe depuis Dijon. »

15

Une dizaine de coquillages de Saint-Jacques sont disposés sur la tablette de marbre abaissée à l'intérieur du coffre de peinture. Une fois ouvert, celui-ci est si vaste, si bizarrement et méticuleusement agencé, qu'il forme une manière d'alcôve à lui tout seul. Avec ses rayonnages, ses casiers, ses sous-coffres, ses tiroirs, ses panneaux mobiles, une table basculante où Johannes dépose en cet instant une planchette à peindre. Il débouche les flacons de pigments et dispose des pinceaux côte à côte. Tous d'épaisseurs et de longueurs de poils différentes.

Dehors il neige. Il fait un silence doux où les bruits résonnent très peu. La blancheur de la neige se reflète au plafond de la grande pièce du rez-de-chaussée. D'ordinaire elle sert pour les grandes fêtes, les mariages et les cérémonies votives. Elle sent la pomme, la poire et la cheminée froide bien que le feu, en cet instant flambe à hautes flammes et craque comme si on y avait lancé une poignée de sel.

La main de Johannes glisse sur la surface laiteuse de l'enduit. La pointe de ses doigts y effleure les reliefs d'un dessin à la pointe d'argent : le visage de Marguerite. Une esquisse de l'été précédent. Par l'effet de la pointe, le visage apparaît comme une réplique négative, fantomatique, du vrai visage de Marguerite. Reconnaissable cependant en tout. Un châle sur les cheveux, une collerette ample autour du cou. La commissure des lèvres, les plis des yeux, la précision des narines.

Si cela peut être : le visage de l'invisible.

Du tourment de l'invisible. De la mémoire de notre chute.

Makhiel remue sur son tabouret. Une question le démange. Il se la garde pour lui. Il est assez impressionné pour se tenir coi. Quelque chose l'assure que sa présence est déjà une grande faveur. Qu'il en voit déjà plus qu'il ne devrait. Lui suggère, qui sait, que la vie tout entière est un ouvrage de questions où l'on se lasse des réponses.

Johannes verse un peu de pigment dans les coquillages. Oxyde double de plomb et d'étain, malachite, ocre broyé avec de la graisse de porc calcinée, blanc de plomb, garance et, en moindre quantité, lapislazuli. D'un gousset de tissu dont il roule les bords, il extrait un flacon de verre contenant un liquide épais, couleur d'ambre. Il en retire le bouchon de bois. Avec une délicatesse d'orfèvre, il remplit de liant un gobelet d'étain à peine gros comme le pouce.

Répétant l'opération, il transvase cette dose sur les pigments dans chacun des coquillages. Alors, seulement, usant des pinceaux les plus épais, il mélange les poudres et le liquide. L'oxyde double, broyé plus finement que les autres poudres, nécessite un demi-gobelet supplémentaire d'huile siccative pour prendre l'aspect d'une pâte onctueuse et souple.

Jaune, vert, brun, blanc, rouge et bleu.

Johannes repose les pinceaux.

Après une longue minute, l'huile ne sourd pas sur la nacre comme le petit-lait se déprend de sa matrice. La pâte ne se défait pas.

Un relent violent mais fade, qui fait penser à la graisse corrompue d'un cadavre, subjugue l'odeur de pomme ou de poire qui demeure dans l'air de la salle. Makhiel grimace.

Johannes saisit un coquillage, le renverse sur le côté. La pâte verte glisse mollement mais sans tomber. Du bout de son index, il recueille un peu de couleur jaune dans l'autre coquillage, l'écrase avec son pouce. Elle enveloppe parfaitement la pulpe de ses doigts. Une brillance vive, naturelle. Le frottement du pouce et de l'index s'accélère jusqu'à ce que les doigts de Johannes deviennent d'un jaune aussi lisse et lumineux que s'ils n'étaient faits que de peinture.

Sa main vole devant les yeux de Makhiel.

« Que vois-tu ?

– De la peinture jaune. Bien jolie et bien vive.

– Bien jolie et bien vive ! » rigole Johannes.

Avec fébrilité, sans un répit, sans un mot ou une inattention, il peint le visage de Marguerite. Cela lui prend trois bonnes heures.

Quand il repose ses pinceaux, les yeux de Makhiel sont fixes et ahuris. Le visage de la femme qui recouvre maintenant l'enduit est si vrai que l'on croit connaître ses secrets. L'ironie de son rire, son persiflage, la douceur de son haleine. Ce parfum violent qu'elle porte en excès comme son orgueil ou son intransigeance, tout est là. Dans la courbe de ses paupières, la transparence de ses tempes, l'ombre de sa lèvre inférieure, la nacre de ses narines, son menton, son cou adorable. Il n'est pas jusqu'à sa hanche dansante et ses seins hauts que l'on ne puisse deviner au fond de son regard. Le claquement de son rire, on peut l'entendre jusque sous la neige.

« Qui est-ce ? chuchote Makhiel avec sa voix de chapelle.

– Personne.

– Personne ?

– Pour toi personne ! » marmonne Johannes avec le plus grand sérieux.

Son regard trop brillant contredit son calme et l'apparence épuisée qu'il veut se donner en essuyant méticuleusement ses doigts avec un chiffon de lin.

« Pourquoi l'avoir peint alors ? insiste Makhiel.

– Parce que c'est un visage difficile. Parce que c'est un miracle que j'attends et que je suis superstitieux. »

Les yeux de Makhiel ne dévient pas du visage de Marguerite. Le sien n'est que détresse, incompréhension et orgueil blessé.

Johannes dit :

« Ne cherche pas à comprendre. Tu ne pourrais pas.

– Qu'allez-vous faire maintenant ?

– Attendre.

– Attendre quoi ?

– Que ça sèche. Toi, tu n'es pas obligé. Tu peux aller prendre du repos, je n'ai pas besoin de toi. »

Makhiel ne veut rien céder. Jusqu'après la nuit tombée, il attend auprès de Johannes. Il allume les chandelles quand le jour devient insuffisant, charge des bûches l'âtre. Sans un mot, respectant sans la comprendre la patience de Johannes, il se soûle du visage de Marguerite.

16

Il est tard. Dehors la neige est devenue la nuit. Il y a eu les bruits mous des bêtes soignées dans l'étable. Ceux des ivrognes jetés dehors, ceux de l'échauguette et du carillon de vêpres. Puis le silence, fait de coups de vent, a tout absorbé.

Les yeux de Makhiel sont rouges d'irritation. La puanteur de la peinture le laisse dans un état nauséeux proche de l'ivresse. Ses paupières se ferment malgré lui. Sa nuque ploie à petits coups, son front tombe dans le sommeil. Il se reprend, jette un regard vers Johannes, n'ose dire un mot.

Le visage de l'inconnue le regarde avec un sourire. Tantôt il appartient au Diable. Tantôt il est le plus franc, le plus tendre des sourires que l'on puisse recevoir. En vérité, il semble aussi, depuis que les chandelles l'éclairent, qu'il contient moins d'ironie et plus de désir.

Makhiel laisse ses paupières se clore. Le visage demeure dans ses yeux. Il songe qu'il rêve. Il aimerait que cela soit un rêve. Que cette femme soit aussi vraie qu'il la voit. Qu'il puisse entendre le frottement de son châle sur le velours de sa robe. Entendre le soupir de sa respiration, percevoir le gonflement de sa gorge, cette vibration de la poitrine qui précède le son des mots. Il rouvre les yeux. Le rêve ne cesse qu'à demi.

Le visage, le sourire, ce qu'ils contiennent d'attente, peut-être d'appel, sont toujours là.

De même que la vigilance de Johannes. Maître Johannes immobile des cils aux orteils ainsi qu'un moine en transe. L'œil sec. N'abandonnant rien à la fatigue. Semblant pouvoir demeurer ainsi pour l'éternité. Pareil à une image qu'il aurait peinte de lui-même.

Makhiel se demande combien de temps cela peut durer. Peut-être toujours, songe-t-il sans vraiment s'étonner. Peut-être est-ce une magie. Une épreuve à laquelle il me soumet. Une de ces cérémonies comme on dit qu'en réalisent les alchimistes devant leurs athanors ? Maître Johannes attend que je me dissolve dans le regard de cette femme qu'il a peinte. Que je disparaisse en elle par sa bouche lorsqu'elle va respirer pour de bon ! Qu'elle me gobe.

Car c'est à cela qu'il pense, Makhiel, à force de regarder le visage de l'inconnue Marguerite. Non pas qu'elle va parler, chanter, l'appeler. Pas plus qu'elle approcherait son visage pour le poser entre ses mains ou au creux de ses épaules, comme les femmes le font en appel de tendresse lorsqu'elles se livrent aux pouvoirs de leurs amants. Non. Celle-ci est d'une autre sorte. Elle va m'accueillir, m'absorber comme si j'étais pour elle un goût ou un parfum.

Il rit en silence de la folie de ces pensées. Mais ne les repousse pas. Au contraire, il se demande encore, avec plus de détails, comment cela serait si les lèvres de l'inconnue s'ouvraient, incurvaient leur douceur rose. Un sourire de douce chair béant pour l'accueillir comme une dragée. Lui qui n'est plus rien d'autre que sensation d'elle.

Il n'a pas la réponse à sa question. Tout se brise d'un coup.

17

La porte s'ouvre à grand bruit sans qu'on y ait frappé. Sur le seuil se dresse la silhouette de messire Baudoin, une lampe sourde à la main, la surprise et l'ivresse dans la lippe :

« Doux Jésus ! Qu'est-ce que vous foutez là dans le noir vous deux ? »

Johannes ne réagit qu'à peine. Messire Baudoin peut encore pousser un grognement, frapper le sol de ses bottes, faire tout le vacarme d'un homme qui veut qu'on l'écoute. Le visage rouge, la respiration en saccades. La chair livide de sa poitrine apparaît, ainsi que les branchies d'un poisson, entre les pans dénoués de sa chemise empourprée de vin.

Cela Makhiel le voit mais pas Johannes. Il ne fait pas l'effort de se retourner. Il montre sa mauvaise humeur. Il répond :

« J'attends. »

Messire Baudoin lève un sourcil en même temps que sa lampe. Il jette un regard sur Makhiel. S'approche du coffre de peinture, fait sonner le plancher.

« Et vous attendez quoi ?

– Qu'un miracle achève mon ouvrage. »

Les yeux de messire Baudoin se posent sur le visage de Marguerite. Un visage de jeune femme qui semble désormais capter à lui seul toute la lumière de la pièce. Messire Baudoin opine, rigolard.

« Nous y voilà enfin ! On s'exerce aux minois de pucelles ! »

Sa rigolade pue la vinasse.

« Un conseil d'homme qui a tâté les croupions plus souvent que les poules ont pondu : c'est point sur cette face-là de l'infante, maître Johannes, que vous trouverez la preuve du prodige. »

Comme Johannes ne relève ni les mots ni les yeux, il grommelle encore :

« Savez-vous ce que je viens d'apprendre, moi ? Qu'à Orléans, Montacute est mort.

– Montacute ? »

Le cri sort de la bouche de Makhiel, debout, s'en voulant déjà de n'avoir pas su garder la bouche close. Messire Baudoin a trouvé ce qu'il cherchait, une oreille pour ses imprécations. Il tonne, frappe à nouveau du pied, à en faire frémir le visage de Marguerite.

« Ce Montacute-là, celui choisi par Bedford pour étrangler Orléans, foutre Dieu oui. Et savez-vous comment ? Fracassé par un boulet sorti d'une couleuvrine avec laquelle jouait l'enfant de sa maîtresse ! Doux Jésus, voilà le drame. Je vous le dis, je perds mon temps ici. Je devrais être là-bas. Entre un qui se fait pommader le cul par les bonnes femmes et l'autre qui attend un miracle pour portraiturer les pucelles, que fais-je ici, moi ? »

Johannes s'est dressé. Pour une fois, on mesure avec précision que leurs yeux sont à même hauteur.

« Messire Baudoin, si vous ne savez que faire ici, moi je sais. J'y suis, comme vous, par une volonté à laquelle j'obéis. De plus, je ne me souviens pas que vous ayez frappé à cette porte ni demandé le pouvoir d'entrer ici. Vous auriez dû. Pour ce soir et les jours à venir, cette pièce est mon atelier. Pas une taverne ou un cellier de piétaille qui bâille aux vents et aux humeurs d'ivrognes. »

Le visage de messire Baudoin pâlit d'ahurissement.

« Que Montacute soit mort ne vous fait ni chaud ni froid ?

– Cent Montacute pourraient s'étriper là-dehors, que je n'entendrais pas leurs râles. Par contre, ce que vous n'êtes pas capable de discerner dans la matière de cc portrait, où vous ne voyez que le minois d'une pucelle, voilà qui peut tout changer du bonheur de Monseigneur le duc. Et par la même occasion au mien comme au vôtre.

– Mon bonheur ? À cause d'un portrait de pucelle ?

– Si je ne me trompe, un bâton de chambellan vous a été promis à la condition que vous sachiez conduire l'infante de Lisbonne à Bruges ? Pour cela, messire Baudoin, faut-il encore que Monseigneur ait envie pour de bon de ces épousailles. Qu'il ait le désir de coucher l'infante Isabel dans son lit et pas seulement le nom d'une Lancastre sur un parchemin diplomatique. Que croyez-vous que je vais faire au Portugal, sinon lui gonfler ce désir ? »

Messire Baudoin a reculé. S'il pouvait être plus rouge qu'il ne l'est déjà, il le serait. Ses yeux roulent du portrait de Marguerite au visage de Johannes, y cherchent une grimace de moquerie qui ne vient pas.

Johannes laisse le froid de la défaite le dessoûler. À Makhiel il dit :

« Je vais rester seul ici ce soir. Inutile de m'attendre. Apporte-moi de quoi manger. Du pâté et du vin. Des pommes aussi, si tu en trouves. Et du bois pour mon feu. »

Alors messire Baudoin retrouve enfin sa voix et son rire.

« Foutre Dieu, je ne vous connaissais pas sous ce jour-là, maître Johannes. Je vais vous dire où le bât blesse dans vos tortillons de beau parleur. C'est que moi, là où je me mets à l'ouvrage, j'accomplis ma tâche sans le besoin d'un miracle ! »

18

Pâté de pigeon en sauce d'amande et vin doux des Montagnes Noires, une ou deux pommes aussi rubicondes que la face de messire Baudoin ou les fesses de messire André.

Après avoir mangé et bu, Johannes s'est assoupi devant la cheminée. À son réveil, les chandelles sont tout près d'être consumées. Il les remplace, vérifie l'état du portrait de Marguerite.

Rien ne s'y est défait.

Aucune ridule, aucun vermisseau ne vient détruire la beauté de Marguerite.

Il pose, avec une infinie délicatesse, la pulpe de son index sur les lèvres et les yeux de l'image. La pâte en est déjà ferme, n'adhère plus à la peau.

En si peu de temps ! Dans cette pièce mal chauffée !

Il semble bien que cette fois soit la bonne. Le miracle s'est accompli.

Dix années d'obstination, d'échecs et de déceptions. Une peine et un salaire.

Johannes sourit. Puis rit, tout heureux. Se verse un gobelet de vin et rit encore. Du bonheur même. Le miel de l'espoir accompli, de l'effort soulagé. Le nectar de l'orgueil. Une grande satisfaction de soi, une grande assurance, car enfin cela est.

On en danserait.

Avec Marguerite il en danserait. Toi tu peux comprendre. Tu comprendras. Tu seras plus folle et plus jalouse. Ma sœur qui danse, qui fume de bonheur.

Il rit encore, secoue la tête, l'effroi au bord des yeux.

« Il s'en faut de peu, murmure-t-il, que je puisse atteindre ta peau pour de bon. Tu me manques. Moi aussi je pourrais te regarder avec l'œil halluciné d'un page. »

19

À l'aube qui naît sur la neige à la manière d'un vide, le vin laisse dans sa bouche un goût sucré qui appelle la soif. Il boit, il tire d'un tiroir de son coffre une feuille de papier brun, une plume et de l'encre.

Ma sœur, le miracle s'est accompli. Voilà des heures que tu es devant moi, avec tout ce que j'aime en toi et qui n'en fait pas moins de ta personne l'être perfide et redoutable que nous connaissons. Tu es là et rien ne vient troubler ta présence. Cette fois la pâte ne se dissocie plus. Mon nouveau mélange de résine et d'huile tient. Peut-être devrais-je encore attendre jusqu'à demain ou après-demain pour plus de certitude. Mais je ne doute pas d'avoir trouvé. La qualité de touche que l'on peut obtenir avec ces pâtes est meilleure encore que je l'espérais. La finesse même. Les pigments y deviennent du lait, il suffit de les poser. Même par mauvaise lumière, les tons sont là. Le pinceau suit mes doigts et dépose la couleur, l'ombre et la lumière comme tu souffles tes baisers. Tu aurais ri en voyant le visage du page Makhiel à la découverte de ton aspect…

Johannes relève sa plume.

Pourquoi écrire ces mots ?

Marguerite apprendra plus tard.

La vérité du miracle est celle de l'humilité. On a assez fait le pitre et le sage devant le page Makhiel et messire Baudoin. Désormais, il suffira de peindre pour prouver.

Il boit encore. Le vin est moins doux. Il songe à tous les mots qu'il a dits au page, toutes ces questions auxquelles il a donné des réponses.

Le souvenir de sa voix pleine d'assurance le fait grimacer.

D'une fois sur l'autre qu'est-ce que j'ai appris vraiment ? Douze années de chaos avec des fioles, des résines et des pigments. Peuplées de ricanements et de sourires faux. Tout est incompréhensible. Pourquoi cela sèche ou ne sèche pas ? Pourquoi cela se dissocie ou s'amalgame ? Pourquoi Marguerite et Johannes ne savent pas être frère et sœur ? Ce qui est dessous les désirs et les hontes, qui le sait ? Comment l'apprendre ? Dans le grand chaos du plaisir, où sont les règles de l'ordre ? Où est la *Mappa Mundi* du bien et du mal ?

On est comme le page Makhiel. On pose des questions en étant assez bête pour vouloir entendre des réponses.

Nous sommes des singes qui répétons nos gestes dans le poli d'un miroir d'argent. Jusqu'à l'heure du miracle. De la porte qui s'ouvre.

La volonté ou l'indifférence de Dieu, on ne peut savoir. C'est cela notre grande ignorance. Une ignorance qui prend forme avec nos corps.

Johannes sèche sa plume, découpe la partie écrite du parchemin, l'offre à la flamme de la chandelle. Alors que les mots brûlent dans une flamme blanche, il peut encore mieux voir le visage de Marguerite.

Il songe : « Je devrais passer le reste de la journée en prière à remercier Dieu. »

Mais c'est au visage de Doña Isabel qu'il rêve. Que lui importe à lui qu'elle soit belle ou laide, vierge ou pas, aimable ou furieuse, la chair grumeleuse ou possédant une peau de bébé ? Tout cela il pourra désormais l'accomplir dans la peinture. Avec ces pâtes de couleur et sa *camera lucida*, avec ses outils, sa science, le long savoir de son âme, peut-être il le pourra.

Pas une copie ou un reflet, comme le croit le page Makhiel, mais l'apparence même de cette femme.

Là, dans la fenêtre toujours béante de la peinture, dans ce miracle qui murmure des vérités qui ne sont pas les vérités recouvertes de la vie.

Peut-être.

20

Messire André dit :

« Voilà ce qu'il en est, maître Johannes. Mauvaises nouvelles sur mauvaises nouvelles. Certes, les pommades des bonnes femmes font leur œuvre. Cela me cuit moins. Hélas, leur soupe me travaille le ventre. La diarrhée, si vous voyez. Et dans la position où je suis. »

Le fait est que la chambre pue. Johannes l'a perçu avant même d'en pousser la porte et bien que ses narines soient engourdies encore par les effluves de sa nouvelle huile siccative.

« Vous pouvez ouvrir la croisée un instant si vous le voulez. Cette pelisse est épaisse et me protège bien du froid », offre messire André avec un soupir qui en dit long sur la bataille d'orgueil qu'il a livrée ces derniers jours.

Johannes pousse les vantaux. Le ciel est gris et tendre. Les briques des murs de la ville virent au noir car la neige fond un peu. C'est le redoux.

« Si ce n'était que mes malheurs, mais il y a Orléans. Il y a Montacute. La belle sottise de se faire tuer maintenant. Il y a aussi cette fille qui aurait entendu la voix de Dieu. Lui demandant d'aller délivrer le roi de Bourges et Orléans. Même ici, la nouvelle se chuchote. Ce n'est pas bon. »

Messire André ploie la nuque, le front contre le drap. Il se masse le cou d'une main molle.

« Causer dans cette position m'épuise. Il est bien clair que Dieu n'a pas voulu que l'homme passe sa vie à plat ventre. »

Il a son sourire de double face. Pour une fois, Johannes y verrait un vrai sourire. Voire une ironie de soi-même. Il sourit en retour.

Du doigt, messire André désigne le fatras qui cerne la tête de son lit. Des croix, des cierges, un bénitier de grès rose, un christ de buis, des images peintes de la Vierge, deux petites et une grande comme la main, criardes, brutales à faire douter de la virginité autant que de l'innocence.

Messire André parle plus bas.

« Ce qui me soucie aussi, maître Johannes, c'est là où nous sommes. Ici, à Toulouse. Vous savez bien. Toute cette hérésie. Ces choses-là. On ne sait jamais quand l'air en est purgé pour de bon. Je me suis demandé s'il n'était pas dangereux de confier mes plaies à ces bonnes femmes. Ce qu'elles mettent dans leurs pommades, qui peut savoir ? Pour les pommades, il était trop tard. Mais leur soupe ? Elle me tord les boyaux. Pourquoi ? C'est pour ça que j'ai fait disposer ces pieuses présences. J'ai aussi demandé la soupe de l'auberge. Rien n'y fait. Aussi bien, ces femmes interviennent dans cette soupe-là aussi. Elles sont rusées. C'est cela la difficulté avec les hérétiques. Intelligence et ruse. Le Diable ne s'attaque jamais aux sots. Qu'en pensez-vous ?

– Pour être franc, messire André, je ne songe pas souvent au Diable.

– Je songeais à la soupe.

– Nous la mangeons, je la mange. Makhiel et messire Baudoin la mangent et nombre d'autres. Sans désagrément et même avec plaisir. Le lard qui la parfume est goûteux, gentiment épicé.

– Ce qui ne veut rien dire. La mienne n'est peut-être pas la vôtre. On pourrait y mêler une substance spéciale entre la cuisine et ma chambre.

– Dans quel but, messire André ? Ces sages femmes me semblent sans hypocrisie et n'avoir aucun désir de méchanceté. Au contraire, elles aiment vous faire du bien.

– Vous croyez ? »

Il y a de l'espérance dans le ton de messire André. De l'espérance et un peu de rêve.

« C'est aussi que dans la position où je suis, on songe beaucoup. On a le temps. L'œil ne discerne pas autre chose que ce qu'il voit. Et croyez-moi, la colique sur la flamme des furoncles, les linges, l'odeur, tout ça... L'esprit n'est guère en paix.

– Vous pourriez essayer les étuves. Il en est de bonnes, dit-on, pas loin d'ici.

– Croyez-vous ?

– On vous y transportait avec discrétion. Un bain d'eau chaude vous soulagerait. Pour un moment vous goûteriez une autre position.

– Je n'y avais pas songé. Mais les femmes ? Vous savez, les femmes d'étuves. Celles dont messire Baudoin se regorge.

– Les deux qui vous soignent suffiraient, j'en suis certain. »

Il y a de la vie qui passe dans le regard épuisé de messire André. Johannes s'en trouve curieusement ému plus qu'amusé.

« Je me doutais bien que vous seriez de bon conseil, maître Johannes. Monseigneur le duc ne vous aime pas sans raison. D'ailleurs, parmi toutes mes songeries, j'ai repensé à ce que vous m'avez dit sur les images de la Vierge. À voir celles qui sont ici, sous mon nez, peut-être dites-vous une part de la vérité. »

La buée danse devant la bouche de messire André. Le froid a chassé la puanteur. Johannes ferme la croisée. Messire André dit encore :

« Je sais que vous travaillez beaucoup ces jours-ci dans ce qui est votre atelier de fortune. Je me suis demandé si vous n'auriez pas le temps, avant notre départ, de faire un portrait de moi ? Mais ce n'est peut-être guère pratique pour vous, dans la position où je suis ? »

Comment retenir le rire ? La pensée de l'image qu'il faudrait peindre soulève la poitrine de Johannes dans une explosion difficile à comprimer.

« Non, bien sûr. À votre sourire, je vois bien que ce n'est pas une bonne idée. »

21

Makhiel dit :

« Y a-t-il une raison pour que vous m'évitiez comme vous le faites, mon maître ? Vous me fermez la porte de votre atelier. Dans les couloirs vous m'évitez. Vous ne croisez plus mon regard et c'est à peine si vous exprimez ici ou là le besoin que je sois encore votre page. »

Ils marchent sur les remparts de Toulouse. Le froid a repris, venteux et sec. Les aiguillettes du chaperon bleu de Makhiel s'agitent et lui battent le nez. D'une main gantée, Johannes retient son turban pourpre. Il ne sort plus, ces derniers jours, sans s'en coiffer. Il ne répond pas.

« Et, bien sûr, vous ne répondez plus à mes questions. Vous ai-je peiné ? Ai-je eu une maladresse ? Je ne comprends pas. »

La neige, fondue puis glacée, forme des figures sur les toits de la cathédrale, pour partie cernée d'échafaudages. Cela rappelle un dessin ébauché il y a longtemps, à Gand. Une sainte Marthe devant une cathédrale en construction. Avec les nouvelles pâtes de couleur, il serait possible de l'achever d'une manière qui surprendrait.

De songer à sainte Marthe fait, hélas, songer à Ydria.

Et nous ramène au page Makhiel qui en a un peu le caractère plaintif et querelleur.

« La vérité, je peux vous la dire, mon maître : je souffre la mort de ne pas revoir le portrait de la jeune fille que vous avez peint devant moi l'autre jour. De toutes les duretés que vous m'imposez, c'est celle qui me peine le plus. Non, elle ne me peine pas : elle me ruine le cœur autant que l'âme. Pourquoi avoir peint ce visage devant moi, si c'est pour m'interdire de le revoir ? Je ne comprends pas. Quelle est la faute qui m'ôte votre confiance ? Moi qui ai fermé mes oreilles à tout le mal que messire Baudoin dit de vous. »

Les larmes, entre la gorge et les lèvres, ne sont pas loin. Et aussi les collines, là-bas, vers le sud, dans un retour du fleuve qui s'écarte de la ville. Le touffu des bois d'yeuses recouverts de neige fait songer à un velours de soie pâle roulé en vrac au pied d'un ciel de plomb à peine modelé de blanc. Quelques maisons y apparaissent, fumantes, aussi paisibles et sages qu'un homme assis au bord du temps qui passe. Un couple de hérons en vient, à tire-d'aile, qui survole la ville dans un vol courbe. Les becs tendus, ils se posent sur le chemin de ronde. Le soin, la délicatesse avec lesquels ils replient leurs ailes font songer à une caresse que l'air invisible du ciel ferait à l'univers des pierres.

Makhiel dit encore :

« Comme il a bien fallu que je m'occupe, j'ai lu un grand bout des *Confessions* de saint Augustin. Ce faisant, j'ai beaucoup réfléchi sur ce que vous m'avez dit de la vérité. Je ne peux croire que vous soyez indifférent à ses réflexions. Il affirme que les hommes aiment tellement la vérité que lorsqu'il leur arrive de se prendre d'amour pour une chose, ils veulent que cette chose soit elle-même la vérité. Ne voulant pas se convaincre alors de leur erreur, ils refusent d'être éclairés par le vrai et le juste. Aussi finissent-ils par haïr la vérité au nom précisément de ce qu'ils se sont mis à aimer à la place ! Oh, je sais bien. Vous, vous dites : “En ce cas, comment saint Augustin sait-il lui-même où se trouve la vérité ? Ne s'aveugle-t-il pas comme les autres, déposant sa passion sur le trône de la vérité et la nommant Dieu ?” »

Les hérons reprennent leur vol, d'un même et très doux mouvement. Johannes sourit.

« De quoi te plains-tu, messire le page ? Nous faisons une promenade ensemble. Tu parles. Je t'écoute. Et voilà que tu sais faire les questions et les réponses.

– Le fait est ! Et je sais aussi ce que vous taisez. Que vous me croyez toujours espion de Monseigneur. »

22

Messire Baudoin dit :

« Je sais ce que vous pensez de moi, maître Johannes. Vous vous fiez aux apparences. C'est la maladie des gens comme vous, la cervelle bien grosse et les mains toujours blanches. Je vous fais sourire. Je ne suis qu'un gueulard qui ne connaît rien des bonnes manières de voir les choses du monde. Je barbote dans les étuves et le con des fillettes avec plus de vigueur que dans les livres. À moi, vous ne ferez pas croire que les mines des vierges sont faites d'angélisme ou que leurs petites fesses serrées pourraient passer pour un sourire vertical. Vous craindriez mon rire. C'est que moi aussi, j'ai une opinion sur vous, maître Johannes. Je peux vous la dire. Votre vérité c'est la vanité. Vous êtes enduit de faussetés. Vous aimez éblouir et brosser le cul des princes afin qu'ils remplissent votre obole. Sans un Monseigneur, vous n'êtes rien. Un valet qui colorie les portes et les plafonds. Un flagorneur de puissant. La fumée d'un feu éteint, voilà ce que vous êtes. L'art du mensonge, voilà votre art. Vous êtes comme les curés, maître Johannes, avec vous le Paradis est toujours ailleurs. Vous croyez que vos images peintes ont plus d'importance que le fumier, le sang et le foutre des jours qui passent. C'est que la vie, vous ne l'avez même pas rencontrée. Vous avez une cervelle, mais la chair qui pendouille dessous, à quoi vous sert-elle ? On se le demande. Le vrai du vrai, la besogne de nous autres, la guerre, les tripes qui s'écoulent sous les cuirasses, le sang qui suinte dans les chausses puantes après une matinée de bataille, le cri de mort qui brille sur la lame des estramaçons et vaut la gueulante des femmes qui s'écartèlent pour donner la naissance, toute cette glaire d'épouvante, vous l'ignorez. Tout comme la clôture d'une pucelle ! Ah ! Vous qui vous vantez d'avoir la meilleure vue de l'univers, de savoir comment on reproduit le près et le loin, vous ne l'avez jamais vu de vos yeux, le con d'une rosière, j'en mets ma main au feu. Vous n'avez jamais écarté ses cuisses pour fourrer votre nez entre ces poils-là. Moi si. J'en ai même goûté assez souvent pour m'en faire revenir le goût au bout de la langue si l'envie m'en vient. Il est des sciences qui réclament du courage. Ah, maître Johannes, que ce soit vous qui deviez démêler le vrai du faux de l'entrecuisse de l'infante me fait rigoler. Une manigance rondement menée, j'en conviens. Mais vous auriez tort de vous méprendre sur l'exigence de Monseigneur. S'il sourit à vos gâteries de couleur et vous passe la brosse sur le col de marte, il n'en pense pas moins. Il est comme moi. En plus grand bien sûr. Il y a Dieu et après il y a lui. Dieu qui va décider aussi à Orléans. Depuis le départ je vous le dis, comme si nous n'avions pas mieux à faire. Il est vrai que ça aussi, maître Johannes, c'est le dernier de vos soucis. Vous vous satisfaites de vos couleurs comme messire André de ses pommades. Voilà avec qui je voyage. Enfin, demain celui-là va nous reposer son croupion sur une selle. Voilà qui nous redonnera un peu de mouvement. Il en faudra pour atteindre le Portugal. »

23

Sur sa selle, messire André ne s'y tint pas longtemps. Une lieue ou deux franchies, la cathédrale de Toulouse devenue une masse d'ombres rouges au-dessus des remparts, les regards n'étant plus que ceux de ses compagnons voyageurs, il descendit de cheval.

Les bonnes femmes l'avaient quitté avec des caresses qui ne concernaient pas que son mal, lui faisant jurer d'être prudent avec ses cicatrices.

« Ne gâtez notre bel ouvrage à coups d'impatiences, doux messire. »

Leurs mots étaient étranges mais leur conseil avisé. On organisa pour son transport des couvertures, duvets, coussins et peaux de loup dans la carriole supportant le coffre de peinture de Johannes. Vautré là-dessus, messire André mit un point d'honneur à y paraître aussi grand seigneur que s'il se tenait raide sur son destrier.

Messire Baudoin n'eut pas d'effort à faire pour retenir ses moqueries. Elles ne lui vinrent pas à l'esprit. Il avait le cœur trop rongé par le déplaisir de n'être pas ailleurs. Son immense chapeau de fourrure enfoncé sur les oreilles, il allait devant, seul. Sa silhouette alourdie discourait pour lui.

Johannes demeura indifférent à ces simagrées tout autant qu'au regard noir du page Makhiel.

Ce n'était plus qu'un voyage de patience, une endurance du jour après le jour.

24

La veille de Noël, le bleu des rives de la mer Océane apparut entre des collines, se masqua derrière une forêt de pins avant de réapparaître comme posé sur la route.

Le ciel était net et glacial, le vent épouvantable. Mais ce bleu, Johannes ne l'avait encore jamais vu. Sans comparaison, sans commune mesure avec le bleu des mers déjà approchées, celles du Nord ou de la Méditerranée.

Un bleu d'un poids terrible. Une mer où venait s'unir, à la ruée éternelle des fleuves, une immensité qui n'avait pas d'autre fin que l'envers du monde. Comment imaginer que là-bas, aussi purement inconnu et intact que le ciel entre les étoiles, le monde se courbait, se refermait sur lui-même en une boule sans extrémité ni commencement ?

Un bleu de *Mappa Mundi*.

Un bleu qui peint le vide.

Ce bleu-là. Sans borne ni mesure, sans gris ni tendresse dorée. Un bleu venu du dessous, du profond, du grondement de la part inconnue du Paradis. Celle que l'inhumanité de Dieu est seule à contempler mais qu'il faudrait, pourtant, savoir atteindre d'une touche légère dans l'arrière-plan des plus savantes images, dans l'orbe des fleuves qui enlace le tumulte des montagnes, dans le carmin furieux d'une toiture, là-bas, tout au fond d'une vallée, dans la brume de l'ultime lumière des jours de gel.

Un tout petit carré de bleu, de ce bleu-là. Rien de plus.

25

Ensuite, cinq à six semaines furent encore nécessaires avant qu'ils parviennent à Lisbonne.

Cinq à six semaines dans le ballant des chevaux, les nuits d'auberges médiocres, les regards étonnés, les mots incompréhensibles, le réchauffement du soleil, les chemins étroits et mal entretenus. Des jours et des jours équivalents aux précédents bien qu'autour d'eux rien ne demeure et ne se fasse reconnaître. La lassitude d'un voyage devenu aussi écœurant qu'un fruit trop mûr.

TROISIÈME PANNEAU

La chambre claire

1

Elle n'était pas là.

Lorsqu'ils parvinrent enfin à Lisbonne, tout était là : la tiédeur de l'air, les nuages voluptueux, l'immensité de l'océan et ses brumes blanches, les barques et les nefs, les poissons qui pendaient comme du linge sur la plage où chantaient et se moquaient des femmes à la peau brune, le goût des olives, des fromages de chèvre, la chair même des chèvres trottant dans la ville, blanche elle aussi, avec son labyrinthe de murs borgnes, ses toits vermillon piquetés dans les hauteurs, dans le vert de la nature, dans cette épaisseur de jungle, suave et moite, ces ombres épaisses aux ténèbres un peu repoussantes, ses murs d'églises plus hauts que tout, plus blancs que tout, conservant le souvenir des maisons mauresques, les beautés et les sciences mauresques encore vivantes partout, jusque dans les cils des jeunes filles, les lèvres des hommes, l'allant de leurs nobles chevaux, de leurs toros, de ces fauves adorés aux couilles énormes, aux meuglements étonnés et inutiles, tout ce brillant de fierté niché dans les détails, l'encolure haute des robes de plein soleil, ces mentons, ces lenteurs de geste et de contemplation, ces ceintures de soie à la hanche des hommes comme des femmes, ces paupières qui ne s'apaisent qu'entre chien et loup, cette humeur de passion, de silence et de langue chuintante, inconnue, qui rend tout différent, d'une certaine manière inabordable et séduisante jusque dans cette lumière qui tranche les angles d'ombres duveteuses du matin au soir, que l'on recherche dans les jardins des palais où l'on se pavane à pas stricts, démonstratifs et revêches, une cour de méli-mélo, d'ascendance bâtarde mais de pur orgueil, consciente de son poids tout neuf dans le jeu de l'univers, compensant la petitesse de son royaume par des coups de reins, par une certaine raideur de la nuque, raffolant des cérémonies, des lentes audiences dans les salles à plafonds de cèdre peints, à tentures d'Angleterre et mobiliers d'Espagne, accumulant les bahuts, les tapis et les chandeliers pour suggérer la richesse de demain, celle pour laquelle on venait de si loin quérir une épouse, un commerce avantageux, oui, tout était là de ce qu'on avait pu imaginer de Lisbonne. Sauf Doña Isabel, fille de Jean d'Aviz Ier, roi du Portugal.

C'est ce qu'annonça l'infant Dom Duarte :

« Notre sœur n'est pas là, messires. »

Avec le sourire désinvolte d'un roi.

2

Roi, Dom Duarte ne l'était pas encore. Mais c'était tout comme. Son père, le roi Jean, était las et trop vieux. En son temps, il avait assassiné son prédécesseur, maté l'Espagne aussi bien que son propre peuple. À lui seul il était devenu le Portugal. Désormais, le souvenir de ce lourd ouvrage l'endormait après les repas. On ne le voyait plus qu'une fois l'an, à la messe anniversaire de son couronnement. Ses fils régnaient donc pour lui. Surtout Dom Duarte.

Un homme de quarante ans aux traits simples, d'un peu d'embonpoint, la moustache bien brossée relevant une bouche courte et épaisse, arquée d'une ombre de déception. Le bleu de la soie de sa ceinture et de son col rond soulignait le bleu de ses yeux impassibles. Un accent qui faisait songer aux moiteurs du vent du soir, mais un anglais semblable à celui qui se parlait dans les cours de Flandre ou de France.

« L'infante Doña Isabel est dans son palais de Faro où elle a coutume de passer l'hiver. Il faut dire que nous ne vous attendions plus. Ou pas encore. Janvier n'est pas un mois où il fait bon voyager. C'est cependant un plaisir de vous accueillir. Nous voyons en vous non seulement les émissaires de Monseigneur le grand duc d'Occident mais, en quelque sorte, notre bien-aimé Philippe lui-même. C'est un bonheur. Vous êtes ici chez vous. »

On pouvait penser que les mots excédaient de loin la vérité. Un ciselage de politesse dont on semblait, ici, être assez orfèvre.

À la question, posée par messire André, de savoir quand on aurait le bonheur de s'agenouiller devant l'infante afin de lui remettre en main propre les missives que lui adressait Monseigneur le duc, il répondit avec un sourire négligent. Laissant le silence faire son œuvre et mettre chacun mal à son aise. Puis déclara, comme à regret, comme on abandonne un savoir intime aux soins de cœurs indélicats, que l'infante avait coutume d'être de retour pour la Saint-Lazare.

« C'est là sa manière à elle de renaître chaque printemps parmi nous. Ainsi aurez-vous le temps de prendre du repos. La route depuis les Flandres a dû être bien pénible. Quant à ces missives, nous en profiterons pour en prendre connaissance et en faire part à notre père, le roi Jean. »

Et voilà. L'audience était déjà close.

Les ambassadeurs s'éloignèrent à reculons de l'estrade royale, buste recourbé. Avant l'audience, un chambellan les en avait prévenus :

« On ne tourne pas le dos à Monseigneur. On se plie. On quitte la salle à reculons, les yeux sur le sol. Ici, c'est ainsi. »

Avec ce qu'ils purent d'élégance, ils se plièrent donc, les fesses les premières progressant à travers la grande salle des audiences, ses doubles colonnades, ses voussures, ses peintures et tapisseries antiques et obscures comme des nuits répétées, entre les rangs de courtisans serrés là, bien curieux de voir à quoi ressemblaient ces Flamands, ces émissaires d'une richesse qui faisait quand même un peu rêver.

3

Dehors, le chambellan les attendait devant une troupe de laquais en livrées jaunes et de hallebardiers en noir et rouge. Un équipage qui pouvait aussi bien les conduire au secret qu'au confort. Les épaules lourdes, dans un grand bruit de bottes ils traversèrent un patio octogonal et surchargé de fleurs que le vent de l'océan maltraitait.

Messire André chuchota pour l'oreille de Johannes :

« Qu'en pensez-vous ?

– Qu'il était temps d'arriver. Un bain me ferait du bien ainsi que beaucoup de sommeil.

– Je songe à l'absence de l'infante. Est-elle normale à votre avis ?

– Pourquoi non ?

– Comment pourrez-vous peindre Doña Isabel si elle n'est pas là ?

– J'attendrai son retour. »

Messire Baudoin se régala d'un gloussement.

« Il est deux choses que maître Johannes sait faire avec excellence : peindre et attendre. »

Ils franchirent un porche, un couloir blanc, des cours pavées de galets. De longs bâtiments d'un étage les encerclaient. Ils pénétrèrent dans l'un d'eux. Les bottes résonnèrent plus encore dans les couloirs blancs troués de grosses portes de chêne à entretoises sculptées. Messire Baudoin se mit de mauvaise humeur :

« Il faut faire savoir à Monseigneur l'affront que l'on nous fait.

– Cela vous semble si grave ? s'inquiéta messire André.

– De deux choses l'une. Soit on nous cache quelque chose, et on sait quoi, soit on nous nargue en nous faisant lanterner. Dans les deux cas, c'est Monseigneur que l'on offusque.

– Nous venons d'arriver.

– On devait nous attendre. Vous avez envoyé vous-même un courrier.

– Le fait est que nous sommes ici pour négocier. Il faut montrer de la poigne. Qu'en pensez-vous maître Johannes ?

– Pourquoi voir un affront dans ce qui n'est sans doute rien d'autre que ce qu'on nous a dit ? Il ne fait pas si chaud que ça, ici. Et beaucoup d'humidité. L'infante peut aimer d'autres climats.

– Si cette pucelle redoute l'hiver de Lisbonne, rigola messire Baudoin, celui des Flandres va faire son bonheur !

– On ne connaît pas encore les coutumes de ces gens-là », décida messire André.

Messire Baudoin incendia son regard du grand brasier de la fureur. Cependant, le chambellan avait fait ouvrir trois portes et montrait son impatience. Chacun suivit son laquais. Avec ce qu'il fallait de distance et de pose, messire Baudoin lança :

« Pour ce qui est des coutumes, messire André, vous me direz s'ils ont ici de ces femmes capables de vous enduire un cul de pommade. S'il faut se le faire botter tous les jours comme des petits garçons, on en aura l'usage. »

4

Il pleut avec une violence continue. Le vent venu de l'océan incline la pluie. Elle frappe les murs, les tuiles rondes et rouges, les verres très épais des fenêtres. On l'entend qui forme des ruisseaux.

Assis à une table près du feu, Johannes décrit cela dans une nouvelle lettre pour Marguerite.

Pour l'instant, on ne se croirait guère dans le Sud, sinon que les pièces de ce palais ne sont pas faites pour l'hiver. Partout on y respire le froid et l'humidité. On ne quitte pas son manteau. Les flammes vacillent dans la cheminée près de moi comme si les murs ne retenaient pas le vent. Nous sommes bien logés, spacieusement, cependant tout cet espace ne semble conçu que pour nous livrer un peu plus au froid. Nous n'avons pas vu le soleil depuis notre arrivée. La mer Océane a disparu, tant les nuages sont bas. Le palais est construit sur une hauteur. Il paraît que l'on y a, depuis les jardins, une vue magnifique sur la baie, le fleuve qui entre dans la mer et le port. L'infante est tout aussi absente que le soleil. Elle doit être de retour à la Saint-Lazare. Selon mes calculs, ce sera dans un bon mois. Je suis bien le seul à qui ce délai ne déplaît pas. Un peu de lenteur me convient. Pour l'instant, il n'y a pas ici une lumière propre à la peinture.

Il s'interrompt, songe à Marguerite. Aux mots qu'elle attend et qui ne sont pas ceux qu'il écrit.

À travers les petits carreaux de la croisée, il observe la pluie un long moment, le manteau serré autour de ses épaules. Il est étrange de constater que partout dans le monde la pluie est la même.

5

Des jours s'écoulent sans que rien n'advienne sinon que la pluie elle-même s'épuise. La lumière morne s'y noie bien avant la nuit.

Johannes s'oblige au repos. Il n'a pas même ouvert son coffre de peinture. Il accomplit quelques promenades. Il évite les ruelles boueuses, préfère les chemins empierrés des remparts, les dalles d'une grande place environnée d'églises aux soubassements de carrelages mauresques où déambulent, avant le crépuscule, les hommes puissants et les jolies femmes de la ville. Son turban rouge attire les regards. Sa solitude et son air d'étranger aussi. Il y reconnaît quelques visages vus au palais. Il devine que l'on attend de lui des sourires, les signes de politesse qui anticipent des présentations. Cela ne le laisse pas à son aise. Il devient coutumier d'une sente écartée des jardins du palais. Elle surplombe la baie en entier, ce fleuve qui est déjà l'océan et que les gens d'ici appellent *rio Tejo*. Néanmoins, le ciel est si bas qu'il ne laisse rien voir. Pas même les nacelles de vigie aux grands mâts des naves ancrées au milieu du courant.

Chaque jour on espère que les nuages vont se dissiper. Chaque jour, les mêmes cendres pèsent sur le port. L'océan, pour ce qu'on en devine, possède le ton et la consistance d'un foyer éteint.

Lassé d'attendre, Johannes sort quelques fois de sous sa cape l'une de ses planchettes de bois enduites de poudre d'os. Méticuleusement, à l'aide d'une pointe de plomb, il y note les repères de cette perspective plongeante qu'il serait bien difficile de maîtriser.

C'est au retour de l'une de ces promenades qu'on lui annonce le désir de Dom Duarte de le rencontrer. L'infant le reçoit dans un cabinet de travail. Une pièce petite, plutôt sombre, aux meubles lourds et noirs. Des rayonnages couvrent les murs, chargés de livres et de rouleaux de parchemin qui ne semblent pas y avoir été disposés pour l'apparat.

Ils se saluent debout. L'infant s'assied dans un grand fauteuil de tapisserie. Il y prend ses aises. D'un geste courtois, il invite Johannes à en faire autant dans un fauteuil de cuir.

À le voir de plus près, moins soucieux de l'étiquette, Johannes lui trouve une séduction nouvelle. Ses joues bien rasées, les rides de ses tempes et la fatigue de ses paupières lui donnent de la franchise.

De sa voix chuintante Dom Duarte annonce :

« Ce que nous avons à nous dire, maître Johannes, n'a pas besoin d'être entendu par les ambassadeurs du duc. C'est pourquoi j'ai voulu vous voir seul. »

Il se tait, attend un commentaire ou une protestation qui ne vient pas. Il sourit. L'ironie dans ses yeux est plaisante.

« Il y a deux ans, maître Johannes, vous vous êtes rendu en Aragon pour une mission toute pareille à celle d'aujourd'hui. Votre maître convoitait la sœur du roi Alphonse le Cinquième, Doña Léonor. Hélas pour lui, je venais moi-même d'en obtenir la main. Vous voyez, nous avons déjà ceci en commun que je vous ai fait faire un long voyage pour rien !

– On ne voyage jamais pour rien, Monseigneur. Surtout quand on pratique la tâche qui est la mienne.

– Mais quelle est-elle, maître Johannes ? Peindre un portrait ? Ou transmettre à Monseigneur le grand duc d'Occident tout ce que vos yeux voient ?

– L'un ne se peut sans l'autre, Monseigneur. »

Ils rient. Ils se plaisent et se comprennent.

Dom Duarte dit :

« L'infante est d'une grande beauté, n'en doutez pas. Mais il est bon que vous sachiez qu'elle est aussi un grand caractère. De nos jours, hélas, il est bien des femmes qui sont ainsi. L'apparence ne leur suffit pas. »

6

Makhiel l'attend devant sa porte. La pluie a assombri son chaperon bleu. Il l'ôte et déclare :

« Messire Baudoin s'est lié d'amitié avec des seigneurs de ce palais. Ils projettent en commun une grande chasse pour demain et les jours suivants. Messire André en sera si son rhume le lui permet. Ils m'ont proposé de les y suivre. »

Johannes sourit. Par pure malice, il prend le temps d'entrer dans la chambre, de déposer une bûche dans le feu avant de répondre :

« Je n'aurai pas besoin de toi avant très longtemps. Pas avant d'avoir peint le visage de l'infante, ce qui n'est pas pour bientôt. Un bon mois. Plus peut-être. Il y a dans ce palais autant de laquais que de portes et de couloirs. Ils suffisent amplement à mes besoins. Profite donc de ton temps comme bon te semble. »

La bouche de Makhiel s'assombrit.

« Même si je vais à la chasse avec messire Baudoin, je n'en demeure pas moins votre page.

– Tu n'en demeures pas moins au service de Monseigneur le duc. Tu n'as pas d'autre maître. Mais, oui, tu es mon page. »

7

Monseigneur,
En ce jour de février de l'an 1429 de l'incarnation du Fils de Dieu, je commence la lettre que je confierai, lorsqu'il sera temps, au page Makhiel, votre serviteur.
Moi, Johannes Van Eyck, ainsi que vous m'en avez fait le devoir dans le jardin de votre palais de Lille, je confie ici de ma main le résumé des choses apprises et vues en ce palais de Saint-Georges à Lisbonne, où nous nous sommes rendus selon votre volonté afin de peindre le visage de l'Infante Doña Isabel.
Et, ainsi que le veut Monseigneur, nul ne saura.
Tantôt, l'Infant Dom Duarte m'a accordé audience dans son cabinet de travail, sans autre témoin. Il voulait que nous parlions de l'Infante Doña Isabel, à ce jour absente de la cour et dont le retour n'est pas attendu avant la Saint-Lazare.
D'une manière très directe, l'Infant Dom Duarte m'a demandé si cela serait possible d'améliorer le portrait au cas où il me semblerait que l'apparence de Doña Isabel, quoique d'une grande beauté, ne conviendrait pas tout à fait aux goûts de Monseigneur.

Dom Duarte craint que je laisse apparaître sur le visage de l'Infante « son grand caractère » et que cela puisse chagriner son futur époux. Les mots n'ont pas été prononcés, mais on m'a laissé espérer une bourse bien pleine.
J'ai poliment répondu que je n'avais qu'une manière de peindre et que mon maître, vous-même Monseigneur, la connaissait presque mieux que moi-même. Pour soulager l'Infant de sa crainte – et cela dans le seul but de repousser la surveillance sous laquelle il pourrait désirer me mettre – j'ai rappelé que les goûts de Monseigneur, pour ce qui était des femmes, demeuraient le plus souvent impénétrables, changeant selon votre bon plaisir. Monseigneur Dom Duarte a observé un grand silence avant de feindre me croire. Puis il a changé de sujet en évoquant Orléans et les mauvaises nouvelles qui en parviennent jusqu'ici. Comme il me demandait mon avis je lui ai répondu que je n'étais expert qu'en peinture et que j'avais la plus grande méfiance des nouvelles qui nous parviennent quand nous sommes loin. Elles sont, ai-je dit, comme un fond de paysage mal peint. Trop floues, trop incertaines, elles nous induisent en erreur quant à la vraie perspective des choses. La réplique lui a plu : « Je commence à comprendre, maître Johannes, tout l'intérêt que vous porte le duc Philippe », a-t-il déclaré avant de m'assurer qu'un lieu de travail était prévu tout spécialement pour moi et que je pourrais en disposer bientôt. Monseigneur l'Infant m'a congédié avec beaucoup de grâce et de gentillesses, m'assurant de son soutien dans mon labeur.

Il n'en demeure pas moins que l'Infante étant absente, il m'est pour l'heure impossible d'avancer ma tâche du moindre pouce.

Johannes cesse d'écrire, lève le poignet. Là-bas, au-dessus de la mer, en cet instant, l'horizon s'embrase du crépuscule.

Une ligne de sang qui se répand d'un bout à l'autre du monde sous la froidure du ciel, comme si, enfin, une plaie s'ouvrait pour laisser passer le temps à venir.

Lorsque l'ocre s'affadit et se gorge du charbon de la nuit, il songe à nouveau à sa conversation avec Dom Duarte. Ou plutôt, il songe au visage de l'infant.

Alors qu'ils se quittaient, ses joues sont devenues lourdes d'un coup. Le front a paru trop droit et le nez plus épais que rigide. Sa bouche en se relâchant s'abandonnait à la désagréable lassitude des hommes dont les désirs s'assouvissent sans parvenir à les réjouir. Se pourrait-il que Doña Isabel possède beaucoup de ressemblance avec cet homme-là ?

Mais, de la ressemblance entre frère et sœur, on sait ce qu'il en est. Dans toute sa fascination pour le visage de Marguerite, le page Makhiel n'a rien soupçonné.

8

Dom Duarte fut homme de parole. On annonça à Johannes qu'un logement approprié à son ouvrage l'attendait au palais royal de Sintra, à moins d'une demi-journée de Lisbonne.

Il montra un peu de surprise, demanda au chambellan :

« Ah ? Et pourquoi pas ici, dans ce palais de Saint-Georges ? »

L'homme eut un sourire, un clignement de paupière, une inclination de nuque.

« C'est la volonté de Ma Dame l'infante. »

Messire André et messire Baudoin courant toujours les sangliers et les lapins, il eut le soulagement de ne pas avoir à affronter les protestations et soupçons que son éloignement ne manquerait pas d'attiser.

Par un matin de bruine venteuse, aussi entouré de valets et de soldats qu'un seigneur en migration, le coffre de peinture arrimé aux ridelles d'une charrette, il s'éloigna des remparts de Lisbonne.

La route de Sintra serpentait entre des collines touffues d'yeuses et de châtaigniers. L'humidité excitait l'eau sourde des verts. Elle ramollissait aussi la terre des chemins. Le poids du coffre enfonça ici et là les roues de la charrette. Ils mirent plus de temps que prévu pour atteindre les tours et les clochetons tourmentés du palais de Sintra, qui s'avéra vide de vie courtisane.

Bien qu'on ne pût l'entrevoir que des plus hautes fenêtres et réduite, entre les vallonnements de forêts et de vergers, à un mince trait de fer sous le ciel terne, la mer Océane n'était distante que de deux ou trois lieues. Aurait-on voulu le mettre à l'écart que l'on n'aurait pu faire un meilleur choix.

Il n'en fut pas moins accueilli comme un prince. Le coffre de peinture, les malles de vêtements et de livres furent transportés dans une maison basse jouxtant granges et écuries, séparée du château par une longue cour qui lui conférait une parfaite indépendance bien qu'elle demeurât à l'intérieur de l'enceinte. La pièce principale était immense, suivie d'une double chambre aisément transformable en cabinet de travail ou en alcôve. Les murs sentaient encore la chaux de leur badigeon. Les fenêtres s'ouvraient sur une galerie à double colonnade. Des murs, hauts de cinq ou six pieds et percés d'une unique porte, clôturaient un opulent jardin aux tonnelles surchargées d'agrumes et arrêtaient les regards extérieurs.

Les serviteurs ouvrirent en grand une resserre de meubles. Johannes y choisit tables et sièges, étagères à montants torsadés et même un fauteuil au dossier immense, au style d'Aragon, bois sculpté de feuillages et tapisseries épaisses.

Avec l'excitation d'un enfant qui entrevoit la possibilité de se rassasier de caprices, Johannes réclama aussitôt des matières pour faire ses colles et ses enduits, des ustensiles et des tissus, des tréteaux, encore d'autres sièges, des lampes à miroirs, des réserves de chandelles, de l'huile à quinquets, des pots de toutes sortes et un petit fourneau. Avec l'aide de serviteurs qui ne comprenaient pas un mot de son langage, il déploya, pour la première fois depuis son départ de Lille, le plus secret contenu de son coffre de peinture, sa *camera lucida*.

En moins d'une semaine, la grande salle sembla n'avoir jamais été conçue pour un autre usage que celui d'un atelier de peinture. Cela sentait les huiles et les os calcinés. Jusqu'au bruit de la pluie sur le feuillage du jardin qui rappelait les ateliers de Lille ou de Hesdin.

Ce bonheur en engendra un autre, plus inattendu. On le conduisit dans une bibliothèque dont l'élégance et l'évidente nouveauté de l'ameublement surprenaient. Il y lut quelques ouvrages en latin d'auteurs inconnus, l'un d'eux lui tira un sourire aussitôt qu'entrouvert : ... *a fratis rosea, luce dum succenditur*... Enfin, rangé avec soin, il découvrit un trésor de cartes et de portulans. Les côtes et les routes du Portugal, ainsi qu'une grande partie du pourtour de la Méditerranée, avec ses villes et ses fleuves, y étaient dessinées avec soin. Mieux encore, les distances les séparant, ainsi que la profondeur de la mer à l'approche des côtes, y étaient soigneusement indiquées.

Il n'eut plus dès lors la crainte de l'ennui. Dès le lendemain, sans s'embarrasser d'être indiscret, il commença des copies.

À défaut du visage de Doña Isabel, au moins pourrait-il rapporter de ce long voyage quelques vérités aptes à peupler la *Mappa Mundi* de Monseigneur.

9

Une aube, enfin, le jour se lève dans un ciel sans plus aucun nuage. Une lumière souple enveloppe le dessus des collines et maintient en leurs creux des brumes qui font songer à des enlacements maternels. Sa sacoche de cuir à l'épaule, Johannes va s'y fondre jusqu'au crépuscule. Tout le jour, sur des feuilles de papier où les fibres de chanvre ondoient en fines nervures, il dessine à la craie de charbon ce qui est doré et transparent.

Au soir, alors que son ombre ondule sur les pavés de la cour du palais, nul ne s'est aperçu de son absence. Nul ne l'a cherché, ne s'est soucié qu'il soit ici ou là, qu'il accomplisse ceci ou cela.

À l'évidence, l'infant Dom Duarte ne fait exercer aucune surveillance sur sa personne. Il n'est que le valet de peinture de Monseigneur le duc de Bourgogne qui attend.

Il pousse la porte de son atelier. Les odeurs des pâtes de couleur se mêlent à la grande jouissance des regards et des parfums qu'il rapporte des collines et des rives de l'océan. Sa sacoche déposée sur le sol, un étrange frémissement lui saisit les jambes. Ses hanches vacillent. Il songe à la fatigue. Il s'appuie d'une main au dossier du grand fauteuil aragonesque. Un tumulte inattendu l'envahit. On pourrait dire que son sang s'échauffe, irise sa poitrine, dessine en entier une silhouette de son corps invisible sous la peau. Il comprend qu'il se trompe. Il n'est pas le valet de peinture de Monseigneur. Il n'est pas l'homme qui reçoit commande et qui peint la face du pouvoir.

Pas aujourd'hui, pas en cet instant.

Il est un animal plus étrange, une existence de lui-même encore inconnue. Un homme libre. Sans autres entraves ni devoirs que ceux qu'il s'offre. Voilà ce que je suis, aussi longtemps que Doña Isabel se fera attendre. Voilà ce qui fait bouillonner mon sang. Moi, Johannes Van Eyck qui ne suis aujourd'hui que ce que ma main, en absolue liberté, a dessiné.

10

Désormais le climat était au beau. Les aubes se gorgeaient d'une lumière douce, moelleuse, qui devenait nette vers le milieu de la matinée, éclaboussait pour longtemps le patio où les rosiers et les lys gonflaient leurs bourgeons. Fréquemment des jardiniers venaient les soigner. Ils trouvaient Johannes dans son sommeil, ou dessinant une tige, une feuille, ou encore les yeux mi-clos sur un livre. Ils n'échangeaient guère de mots n'ayant en commun qu'un mauvais espagnol. Ils se comprenaient à demi avant qu'un même rire les fît taire.

Le soir, buvant un vin aux reflets noirs et au parfum de terre brûlée, Johannes songeait aux lettres qu'il aurait dû écrire à Marguerite. Les mots lui en venaient, mais pas le désir de les tremper dans l'encre.

Il fait doux, il fait une lumière qui porte à la tendresse et aux baisers. Une douceur et une tendresse incomparables avec celle d'un été de Flandres. Rien de si violent ni de si net.

A fratis rosea luce dum succenditur... À la clarté rose de son frère, elle agrippe la flamme, le souffle doux du vent d'ouest nettoie l'éther de ses nuées, ainsi le pouvoir de la lyre adoucit les poitrines, change le cœur qui incline aux promesses de l'amour...

Voilà un poème pour toi, ma sœur. La suite te plairait tout autant qu'à moi. Comme te plairait la vie que je mène ici. Je suis le maître d'un palais vide. Je t'imagine ici dans le jardin. Oh oui, sans peine, je t'imagine ici.

Je ne compte plus les jours. J'attends sans attendre, si bien qu'il m'arrive de ne plus savoir, le matin à mon réveil, si j'attends encore l'infante Isabel. Il semble qu'elle pourrait ne jamais m'apparaître.

De ma vie, oui, je n'ai jamais été homme plus libre. Si peu le valet de peinture de Monseigneur. Si bien qu'il me vient souvent l'occasion de songer à moi. D'être, en quelque sorte et d'une manière déroutante, dans le pur plaisir de la personne que je suis.

Il me faut quand même compter avec cela : il n'est que dix jours à me séparer de la Saint-Lazare.

Quelque chose me manquerait-il ?

Les ouvrages qui m'attendent à Lille ?

Non.

Je ne suis pas tout à fait seul dans ce palais. Parfois je dîne avec quelques nobles personnes. Je n'ai pas plus à leur dire qu'aux servantes et aux jardiniers. Ils me questionnent avec politesse. Par bonheur, nous n'avons pas de langage commun, à peine du mauvais anglais pour eux et du mauvais espagnol pour moi. On se tait bien vite.

Les femmes d'ici sont plus menues que chez nous. Leur peau possède un tout autre éclat, plus mat ou même terne mais qui semble moins redouter l'âge. Je ne sais si elles me paraissent belles, pour autant que l'on puisse tirer du particulier vers le général. Leurs yeux sont bien sombres, d'huile noire, comme si leurs âmes devaient pour toujours demeurer cachées à ma curiosité d'étranger.

Et toi, me manques-tu ?

Parmi les poèmes, il y avait aussi celui-ci :

Stetit puella rufa tunica... Debout, la jeune fille, debout dans une tunique rouge. On l'a touchée, la tunique a claqué, Eia !... Son visage brillait, sa bouche fleurissait, Eia ! Debout la jeune fille sous un arbre, gravant le mot amour sur une feuille...

11

Cette vie se prolonge autant de jours qu'il est nécessaire aux bourgeons d'iris pour éclore. Elle cesse avec brutalité.

Une après-midi, des voitures pénètrent à grand bruit dans la cour du palais. Aucune ne transporte un visage connu. Ni ceux des ambassadeurs de Monseigneur, ni celui de l'infante Doña Isabel. Cependant le palais s'anime d'un bruit nouveau. Le soir, les chandelles brillent dans la grande salle des soupers. Des musiciens viennent y jouer. D'autres voitures arrivent. Les serviteurs affluent comme des volées de moineaux. On organise des chasses. Johannes apprend que ce château appartient au second fils du roi Jean : Dom Pedro. Tous ces gens sont ses gens. Les puissants et moins puissants de sa cour. Il est coutume qu'ils viennent ici à Sintra une fois l'hiver passé. Cela est beaucoup plus agréable que Lisbonne. Dom Pedro, lui, ne reviendra pas de sitôt : sa vie est un voyage. On dit qu'en ce moment il est près du pape.

Désormais, les regards de la curiosité pèsent sur Johannes. Il ne peut pas toujours avoir l'impolitesse de les ignorer. On sait pourquoi il est là, même si le nom de Doña Isabel n'est jamais prononcé. Il se barricade derrière les difficultés de la langue, fait mine d'ignorer même le français.

Mais c'en est fini. Il redevient le valet de peinture de Monseigneur le grand duc d'Occident. Il passe toute une journée à mettre au point le miroir de sa *camera lucida*, une autre à calciner et à broyer des os de poules pour fabriquer ses enduits.

Le jour de la Saint-Lazare s'achève cependant sans que l'infante n'apparaisse.

Ainsi que le jour suivant.

Il n'ose ni questionner ni montrer son irritation.

Il songe à se promener jusqu'au soir dans les collines ou sur les rivages de la mer Océane, comme il le faisait il y a peu. Mais cela non plus, il ne l'ose pas.

12

Il ne l'a pas entendue arriver mais elle est là, sur le seuil de l'atelier.

Qu'il s'agisse d'elle, il ne le devine pas à son visage. Retenu par des peignes de corne dans sa chevelure, un voile de soie masque ses traits et jusqu'à la lumière de son regard. C'est un fantôme qui lui apparaît. Mais c'est elle, il le sait.

Qui d'autre pourrait lui venir ainsi ?

Il se lève de sa chaise avec précipitation. Il veut saluer, ne trouve pas la manière juste de plier le buste. Cette apparition le déconcerte. Il se trouve des manières de jeune homme alors qu'il devrait montrer une assurance d'homme rompu aux caprices des princesses. Au moins un calme courtois.

Elle pénètre dans la pièce sans prononcer un mot, à la manière des rois, reines, ducs ou puissants qui sont partout chez eux. Chez elle, elle l'est.

Derrière sa silhouette, dans le jardin, le soleil joue sur les feuilles des cannas et des lys, perce d'ondulations frémissantes les cytises, les amandiers et les citronniers. Cela lui fait un fond de tapisserie éblouissant.

Elle est grande, marche avec la souplesse et la légèreté d'une jeune femme. Ses hanches sont étroites, sa robe de velours grenat durement serrée sous sa poitrine par une ceinture piquée de perles et d'opalines. Une poitrine aussi engloutie que son visage. Un châle bleu, brodé de pivoines, lui recouvre les épaules et le buste, atteint le creux de ses reins.

Elle s'immobilise près du grand fauteuil aragonesque, se place derrière le dossier qui la dissimule jusqu'aux épaules comme un paravent. Johannes comprend qu'elle vient de lui faire une parade d'elle-même. Elle ne veut pas me montrer son visage, mais désire que j'aie conscience d'elle tout entière. Elle veut que je sache qu'elle est princesse. Comme un astre du ciel, elle peut apparaître et disparaître au gré de sa propre loi. C'est une enfant de caprice.

Il sourit, se détend. Lui, le familier des caprices de prince et princesse, il trouve l'aplomb nécessaire pour refaire son salut, cette fois à la manière d'un homme qu'on n'émeut pas facilement.

« Ma Dame. »

Elle attend qu'il se redresse pour parler. Le voile ondule devant son souffle.

13

« Je suis l'infante Doña Isabel et vous êtes maître Johannes. Vous êtes patient et je suis celle qui se fait attendre. »

À peine une intonation d'ironie. Une voix qui ne possède pas, dans la langue des Anglais, l'accent chuintant de Dom Duarte ou des courtisans. Un timbre profond, avec des gravités masculines aussi troublantes que le visage masqué et toute la comédie de cette apparition.

Toujours debout et immobile derrière le dossier du fauteuil, Doña Isabel dit encore :

« Dom Duarte m'a vanté votre habileté à peindre. Vous l'avez séduit en peu de temps. Il m'a fait de vous un éloge plein de dorures. Il vous trouve intelligent et rusé, d'une humilité qui sait être excessive et dévoile un vaste orgueil. Ce sont ses propres mots. »

Sous le voile, Johannes devine l'esquisse d'un sourire qui courbe la voix comme un argent finement poli.

« Ne vous faites pas trop d'illusions sur l'opinion de Dom Duarte. C'est surtout votre maître qu'il admire et encense à travers vous. Mon frère l'infant a si grandement besoin de votre art qu'il serait prêt à l'approuver d'avance même si vous étiez un peintre exécrable. »

À son tour, il ne peut retenir un sourire. Il incline la tête.

« Je fais de mon mieux, ma Dame. »

Il pourrait dire que c'est là sa devise, qu'il la peint sur ses tableaux. Il s'en garde, joue de son excessive humilité, comme dirait Dom Duarte.

« Monseigneur le duc est très impatient du portrait de vous que je dois lui envoyer, ma Dame. Et je le suis de le peindre. Tout mon temps est à vous, mais le temps passe. »

Il n'a pas besoin de voir le visage de Doña Isabel pour la sentir se raidir. Elle pose ses mains sur le dossier du fauteuil. Il frissonne. Ses mains, il n'y a pas pris garde. Elles sont nues. Le seul espace de peau qu'elle lui laisse voir.

Des mains longues, d'une finesse de pattes d'oiseau. Une chair très pâle, translucide, où se devinent les veines et les fins tendons. À la manière dont les phalanges se resserrent autour du bois, la souplesse dans la courbe de la paume, la tension du poignet, on les imagine plus solides et plus violentes qu'elles n'apparaissent. Malgré toute leur délicatesse, des mains capables d'empoigner, de déchirer. Les ongles sont courts, très clairs. Aux index et aux majeurs, les lunules sont aussi larges et laiteuses qu'une demi-lune.

« Le temps passe, maître Johannes. Mais je vois que vous savez en faire usage. Vous êtes copieusement installé. »

Le voile se plisse alors qu'elle se tourne vers les rayonnages, les tables, les produits et les cloisons de bois de sa *camera lucida*. Il y a certainement de l'ironie dans sa voix mais aussi de la surprise. Johannes s'abstient de répondre

Elle s'avance jusqu'à la lucarne de la *camera lucida*, regarde à l'intérieur, s'étonne sans doute des miroirs.

« Qu'est-ce que cela ?

– Une *camera lucida*, une chambre claire qui…
– Je sais le latin, maître Johannes. »

Sèchement, la main dressée, telle une pique. Il se tait à nouveau. Sans que cela paraisse un remords, elle demande :

« Dom Duarte vous a-t-il prévenu que j'étais d'un caractère peu agréable ? »

Il ne doute pas que, de derrière son voile, elle guette les effets de sa brutalité, ainsi qu'aux tournois les combattants s'observent entre les fentes de leurs heaumes.

« Vous faites beaucoup d'efforts pour ne pas paraître surpris par mon accoutrement, maître Johannes. Ne croyez pas cependant que la Saint-Lazare me conduise à me vêtir en ressuscitée. »

Il est certain qu'elle sourit de toute sa bouche. De ses doigts d'oiseau, elle joue avec les franges de son voile.

« La raison de ceci est bien simple : je ne souhaite pas que vous voyiez mon visage. »

Elle s'approche de lui, laisse entendre le froissement de sa robe avant sa voix :

« Mon frère l'infant a grandement besoin de votre art, moi pas. Monseigneur Philippe, duc de Bourgogne, comte des Flandres, régent de Hollande, Zélande et Brabant, seigneur de l'Artois, du Nivernais et de la Franche-Comté, veut voir mon visage sans me connaître. Votre ouvrage a pour fonction de m'évaluer comme une volaille. L'infante du Portugal est-elle un laideron ou une beauté ? Comment supporte-t-elle les ans ? Ne protestez pas, maître Johannes. Vous peignez ce qu'on vous ordonne et ce pour quoi on vous paie. On me dit que je devrais être flattée de l'attention de votre maître. Je ne lui suis pas. Bourgogne veut une alliance avec les bateaux, les voies maritimes, les richesses de demain du royaume du Portugal, pas avec moi. La réputation du grand duc d'Occident est venue jusqu'ici bien avant vous, maître Johannes. Moi, je n'ai pas besoin du portrait de Philippe pour savoir ce qu'il attend d'une épouse. »

Sur le velours grenat de sa robe, la chair de ses mains est éblouissante. Des mains de jeune fille.

Peut-être à cause de ce regard qu'il porte sur ses mains et de son silence obstiné, elle demande d'un ton plus léger :

« Sauriez-vous commencer votre ouvrage par une robe ?

– Un portrait, ma Dame, c'est un visage. Il commence aux épaules. En général, il ne contient pas de robe. »

Elle rit pour la première fois. Un rire aussi frais et léger que ses mains.

« Celui-là pourrait faire exception. Dites-vous que mon visage n'est pas prêt. »

Elle rit encore, lui tourne le dos, s'éloigne vers le seuil de l'atelier. Le frottement du velours contre ses hanches et ses cuisses a la sécheresse d'un ordre de silence. Avant de quitter la pièce, cependant, elle se retourne à demi.

« Ne faites pas si mauvaise mine, maître Johannes. Et ne me croyez pas sotte ni inconsciente de mes devoirs. Dites-vous seulement que je les conduis à ma manière. Cet endroit est plaisant. Mon frère a bien fait de vous en donner la jouissance. »

Ses belles mains soulèvent le poids de sa robe. Dans le jardin, deux ombres quittent les bancs de carrelage et se fondent dans celle de Doña Isabel.

14

À la suite de la lettre commencée pour Monseigneur, il écrit :

Ce jour d'aujourd'hui, pour la première fois, l'Infante Doña Isabel est venue en mon atelier, tel que je l'ai accommodé dans le château de Sintra. La Saint-Lazare est passée de cinq jours. L'Infante s'est montrée la tête recouverte par un voile si opaque que j'ignore tout de son visage. Le reste de son vêtement, très riche et d'une élégance que l'on admirerait à Hesdin, ne me permet pas mieux de deviner sa véritable silhouette. Il n'y a que ses mains qu'elle n'avait pas gantées. Elles sont d'une grande beauté et, semble-t-il, d'une grande jeunesse. Rien de ce qu'elle a dit ne peut, en ce jour, m'éclairer sur la réalité de son caractère.

Ce qui est un mensonge.

Les mains de Doña Isabel, il les revoit telles qu'elles se sont incrustées dans ses yeux. Longues et aux os d'oiseau. D'une délicatesse qui fait songer à un corps de femme nubile.

Des mains bien trop jeunes, qui ne vont pas avec

ce que l'on peut imaginer d'une femme de trente ans passés.

Il ne doute pas que Doña Isabel les lui a très volontairement montrées. Sachant qu'il en serait étonné, qu'il se questionnerait à leur sujet.

À Marguerite, il pourrait écrire la vérité : « En voilà une qui sait aussi bien que toi se moquer d'autrui. Et refuser ce qui ne peut l'être. Oui, vous voilà égales dans la sottise capricieuse et inutile. Ce n'est pas un compliment. »

Mais il n'écrit pas à Marguerite, pas plus ce soir-là qu'un autre. Cette comparaison lui est d'ailleurs désagréable. Il la consume en laissant son regard s'éblouir au grand candélabre qui illumine son alcôve.

Néanmoins, la pensée de l'infante, il ne peut la consumer.

Il a beau tenter de la revoir, marchant ou discourant devant lui, il ne saurait d'un trait de plomb lui donner des proportions, un volume de hanches, de ventre, trouver l'équilibre de ses épaules et ses seins. Même sa nuque, il l'ignore.

Il roule le long rouleau de sa lettre pour Monseigneur avec un soin méticuleux, le range dans sa boîte de cuir avec un soupir.

15

La nuit est pleine et lente. Le désir de se coucher n'est pas venu.

Maintenant, on peut s'avouer les choses comme elles sont : déception, agacement et mauvaise humeur que même le vin n'apaisera pas.

Mieux vaut souffler toutes les chandelles, se déshabiller en silence, admirer en chemise et bonnet les ombres que fait la lune dans le jardin.

Ce qui, hélas, n'annihile pas la pensée de Doña Isabel.

Elle viendra poser en grande robe, le voile sur le visage. On imagine d'avance comment cela va se passer. On se concentrera sur le tissu, la forme, le tombant, tout le travail de la robe, tandis que, de derrière son voile, elle poursuivra ses caquetages, me brisera les oreilles de reproches adressés à Monseigneur au prétexte que je reçois une bourse de florins pour peindre son portrait. « Ne protestez pas, maître Johannes. Vous peignez ce qu'on vous ordonne et ce pour quoi on vous paie ! »

Peut-être l'usage de la *camera lucida* lui clouera-t-il le bec un moment. Mais qui sait, elle pourrait décider de ne pas se montrer du tout. Il ne restera qu'à profiter des cartes et des portulans avant le retour dans les Flandres.

Un voyage où il faudra supporter encore les glapissements de messire André et messire Baudoin. À moins de parvenir à voyager seul, en prétextant une nécessité.

Afin de repousser son irritation et pouvoir s'endormir, Johannes songe avec précision aux transformations et aux angles qu'il devra donner aux miroirs de la *camera lucida.*

La difficulté sera de bien capter l'image de la robe par le jeu des reflets tout en maintenant l'infante à une certaine distance. Pour cela il faudra faire construire une estrade où l'on posera le fauteuil aragonesque afin que la plus grande lumière du jardin éclaire le tissu.

Le sommeil lui vient alors qu'il joue avec l'image d'une infante à l'apparence de fantôme de saint Lazare, une Doña Isabel en robe épaisse qui n'est, comme dans les enfers, qu'un squelette dissimulé.

16

L'estrade fut construite dès le lendemain. Le fauteuil aragonesque y prit des allures de trône. Ensuite, Johannes eut tout le loisir de régler les miroirs de la *camera lucida*. L'infante ne se manifesta pas durant toute une semaine.

Il questionna des chambellans. Certains lui assurèrent que Doña Isabel était repartie pour Lisbonne, d'autres qu'elle logeait dans des appartements où il ne lui était pas permis de se rendre. Les difficultés de langage n'expliquaient pas ces contradictions et dissimulaient encore moins la rudesse des réponses.

Il cessa de questionner, cessa aussi d'attendre.

Il reprit ses promenades, disparaissant des après-midi entiers sur la rive de la mer Océane, la sacoche à l'épaule. Les jours de grand vent, il se contenta de parfaire ses copies de portulans.

Ce fut ainsi, vers l'heure du zénith, alors qu'il s'absorbait dans le dessin de la côte entre Césarée et Lattaquié, achevant les détails du port de Tripoli, que cela arriva.

17

Il est midi, il fait tiède. Un bruit vient du jardin. Celui de la porte.

Il est en chemise. Il jette les pinceaux, s'essuie les doigts, se précipite pour enfiler un pourpoint. Depuis qu'il a cessé d'attendre, ses affaires personnelles ne sont plus si bien rangées. Il ne trouve pas le vêtement qui convient mais seulement une cape de drap bistre trop épaisse pour la chaleur du jour. C'est ainsi qu'il traverse l'atelier. La robe, elle, en a déjà atteint le seuil.

La robe et un visage.

Il ne sait ce qui le stupéfie le plus.

La robe est un immense drapé de velours de Venise à bandes noires et ocre, brodée en ourlet de feuilles d'acanthe en or, de lys d'argent, d'un feston de trèfle de perles. Dans le large enveloppement des manches, des ailes d'oiseau se déploient au-dessus des crevées de soie jaune, le reste du volatile, cygne ou cigogne, ceignant le buste jusqu'à l'échancrure de la poitrine retenue d'un double cordon piqué d'opaline qui s'achève en fils d'or formant le pointu d'un bec sous la marte du col. Là-dessus, le visage d'une femme de vingt ans. Une peau mate, des pommettes hautes, le front court et doux, la chevelure frisée serrée sous une gaze piquetée de perles menues, les yeux un peu écartés, bien noirs, frais, curieux ou effrontés, comme la bouche qui déclare :

« Mon nom est Yacintha Evandolor de Menesese Puedõ. »

L'accent rend les mots à peine compréhensibles, oblige à tendre l'oreille.

« Je parle tout petit peu la langue de vous. Pas bien. Ma Dame l'infante me dit "Yacintha". Vous pouvez aussi. »

Johannes serre les lèvres sur son rire. Non pas qu'il ait cru que celle qui se trouvait dans la robe pût être vraiment l'infante. Un instant, un fragment de foudre si, peut-être. Mais les mains ne sont pas semblables, loin de là. Celles-ci sont courtes, carrées, tremblantes. Nous ne faisons que passer du fantôme à la dame de remplacement.

« Ma Dame l'infante comme moi », dit la jeune fille en se désignant à l'intérieur de la robe.

Elle respire abondamment, ses seins se gonflent au-dessus du col de marte.

« Mais ma Dame plus belle, bien sûr. Sa robe. Moi dans sa robe. Pareille qu'elle. Vous… »

Johannes enfin s'incline dans un salut et achève la phrase, moqueur :

« Et moi, je peins la robe.

– Si. »

Il se tait, cesse de sourire, tourne autour d'elle, ne peut s'empêcher de l'intimider, de faire le maître Johannes.

« Cela va prendre beaucoup de temps. »

Elle fronce les sourcils, ce qui lui remonte un peu le coin des yeux et la rend triste.

« Me pardonnez, messire. Pas comprendre. »

Johannes montre le fauteuil sur l'estrade, les pots, les coquillages, les brocs de pigment, tout l'attirail de l'ouvrage prêt depuis des jours.

« Vous, ici. Très longtemps ici, assise devant moi. Longtemps, longtemps. »

Radieuse, Yacintha Evandolor de Menesese Puedõ sourit et fait resplendir ses mignonnes dents. Seul le sérieux de la robe l'empêche de battre des mains

« Oh si ! Ma Dame m'a dit déjà. Tant pis. Tant mieux. »

18

Comme celles de Doña Isabel, les épaules de Yacintha ne dépassaient qu'à peine le haut dossier du fauteuil aragonesque. C'était là au moins un repère.

Alors qu'il aidait la jeune fille à prendre la pose, il se rendit compte de l'abondance de sa poitrine. Les hanches aussi étaient larges, déjà un peu maternelles. Il ne put retenir la pensée que l'infante pouvait être pareillement faite, qu'elle avait choisi cette jeune femme afin de remplir la robe à l'identique d'elle-même. Mais, à la réflexion, rien n'était moins certain. Dans un si vaste accoutrement, pour ainsi dire une cathédrale de tissu, profonde de nefs et d'absidioles, un corps pouvait aisément en cacher un autre.

Peindre ce chef-d'œuvre de couture serait assurément un défi. La matière en était lourde. Ses points cardinaux et son fouillis de détails donnaient le tournis. Les plissés seraient difficiles à maintenir, l'équilibre entre cette charpente de drapés, le corps invisible et le visage, s'il devait y avoir un visage, ne deviendrait cohérent et agréable que par un tour de force.

Cependant, la jeune Yacintha s'avérait un modèle exemplaire. Rien n'épuisait sa patience, pas même la longue heure qu'il passa à lui faire changer de place sur le fauteuil. Plus ici et moins là, sans cesse défaisant et refaisant les drapés.

Lorsque enfin, au cœur de l'après-midi, le soleil ruissela sur l'estrade, tout était prêt, fauteuil, robe, hanches, cuisses, épaules, bras et mains. Johannes entra dans la *camera lucida*, mensongère appellation d'un cabanon d'obscurité aux cloisons badigeonnées de noir. Outre l'étroite porte qui permettait d'y pénétrer, une seule lucarne, haute deux fois comme une main et large d'une seule, s'ouvrait à la lumière du dehors. Une ruée de lumière que l'on pouvait ajuster au moyen d'un volet mobile, la rassemblant ainsi en un flot brillant, contenant l'image à dessiner, celle, pour l'heure inondée de soleil, de l'estrade et de la robe. Un miroir concave, finement poli, aux bords sertis d'argent et de cuivre, fixé sur un chevalet de bois orientable par plusieurs vis et têtes pivotantes, recueillait alors cette image pour la réfléchir sur une feuille de papier enduite et cloutée sur la paroi intérieure, en haut à gauche de la lucarne.

Comme chaque fois, pour peu que l'éclairage du sujet fût suffisant, la rigueur des lois de la lumière et de l'optique faisait son ouvrage à merveille. À peine floue, à peine affaiblie par le tain du miroir, l'image de la robe se déposa sur le papier. Les plis et les ombres, le jeu des broderies, la profusion des lignes, leurs brisures et entrelacs. Tout était là, lisible.

Dans le fauteuil aragonesque, Yacintha fut prise de rire. Craignant pour le soigneux ordonnancement de la robe, Johannes glissa un regard sévère au coin de la lucarne.

« Alchimia ! Alchimia ! » cria Yacintha, prenant bien soin de son immobilité. Johannes céda au rire.

« Oui, alchimie ! »

Pourquoi pas ?

Il lève poignet et main, se remplit les poumons d'air, resserre un peu ses paupières. La mine d'argent se pose sur le col de marte que le grisé du miroir convexe élargit. Il oublie qu'un portrait ne se commence pas par une robe.

19

Devant le dessin accompli dans la *camera lucida*, Yacintha pousse de petits cris de joie, cette fois ne se retient pas de battre des mains comme une enfant. Johannes explique que plusieurs semaines seront nécessaires pour transposer cette ébauche en une image peinte.

« Et moi tout le temps là ? Tous les jours ici ?

– Non. Ni tout le temps, ni tous les jours. »

Cela la déçoit. Elle proteste.

« Mais je peux. J'aime. »

Son sourire désigne l'atelier, le jardin, ainsi que, d'une manière amusante, la poitrine et le cœur de Johannes.

Aussi, les jours suivants, Yacintha ne laissera-t-elle guère passer d'après-midi sans venir dans l'atelier. La laborieuse reconstitution de la pose et des drapés deviendra leur cérémonie. Un jeu plaisant, rendant inutile tout autre langage.

Le travail combla Johannes. Jamais ses pinceaux n'avaient été si légers, ses glacis si transparents. Ce qui était peint la veille séchait à demi dans la nuit. Le lendemain, il pouvait avancer d'aplat en aplat, comme un homme dont le souffle demeure régulier malgré l'effort de plus en plus ardu auquel il se soumet.

20

Il n'en est qu'une qui n'apparaît jamais, pas même voilée.

Johannes demande à Yacintha où se trouve sa maîtresse. Pour toute réponse, elle rit et secoue la tête.

Il demande :

« Est-elle belle ? »

Yacintha ne rit plus. Elle se contente de l'observer en silence, du plus sombre de ses prunelles. Il demande encore :

« Quelle est la couleur de ses yeux ? Ressemble-t-elle à une femme jeune ? Sa peau est-elle comme la tienne ? Pourquoi ne rien me dire ? Ce sont des choses que je finirai par apprendre. »

Yacintha rompt la pose pour se signer et déclare avec sévérité.

« J'ai juré sur Jésus. Je dirai rien. Il faut pas poser les questions.

– Crois-tu qu'elle me ferait peindre cette robe si je ne devais jamais peindre son visage ? »

Yacintha se tait, fait la moue comme si elle avait affaire à un enfant turbulent. Johannes laisse passer du temps et remarque :

« Tu sais où elle se trouve, n'est-ce pas ? »

Le « tu » est venu naturellement, querelleur autant que

complice. Il n'est pas certain que Yacintha perçoive cette subtile agression. Elle répond :

« Comment je sais ? Je sais pas. Elle est loin. Elle m'a commandé d'être ici, dans la robe. C'est tout. »

Il devine les larmes au bord des paupières, le souffle de fureur et d'impuissance dans la voix. Il n'insiste plus et jamais ne la questionnera à nouveau. Pas même lui demandera-t-il où elle loge et dort, ni ce qu'elle fait quand elle n'est pas devant lui. Tout autant d'énigmes dont il ne possède aucune réponse.

Quelquefois, dans la grande salle du château, il partage le souper des petits seigneurs de la cour de Dom Pedro. Yacintha Evandolor de Menesese Puedõ ne s'y montre jamais.

Quand il prononce son nom, on rit, on hoche la tête, ah, la jolie Doña Yacintha ! N'est-elle pas charmante et belle, si fidèle à notre infante ?

La pensée lui vient que Yacintha n'a pas d'autre existence que d'emplir la robe de Doña Isabel et de venir poser devant lui. Elle ne court pas avec d'autres jeunes filles dans les vergers et les jardins du château. Elle ne danse pas, ne sourit pas aux compliments des hommes, n'assiste à aucun tournoi ni même aux messes communes. Non, elle n'est là que pour lui, dans un écho précédant le corps même de l'infante.

Cette pensée l'amuse. Il songe à ce qu'il pourrait en confier à Marguerite. *Hic infumat oculos... elle enfume les yeux, le sommeil suspendu, afin que la vue ne s'étende pas au loin...* dit le poème.

21

Une fin d'après-midi, après le travail, il fait mine de raccompagner son modèle. À la porte du jardin, trois religieuses l'attendent, deux jeunes filles et une vieille femme. Dès que Yacintha paraît, les plus jeunes empoignent la robe afin de ne pas la gâter durant la traversée de la cour.

Il s'apprête à les suivre. Yacintha s'immobilise. Elle ne dit rien. Elle le repousse d'une main ferme.

Lorsqu'il insiste, elle l'implore d'un regard. Il la laisse s'éloigner. Les petites religieuses soulèvent la robe assez haut pour qu'il puisse entrevoir les mollets fins qu'il a serrés entre ses mains deux ou trois fois.

Un peu de monde est là. Des serviteurs vaquant à leurs besognes, des dames en route pour la chapelle. Tous l'observent tandis que Yacintha et les religieuses disparaissent dans le château.

L'empêcherait-on vraiment de les suivre ? D'apprendre où Yacintha se faufile, se défait de la robe, ce qu'elle devient ensuite ? Il se le demande. Avec plus d'amusement que d'agacement.

Comme les dames, il va à la chapelle écouter l'office de vêpres, prie, avec plus de sincérité qu'il l'admettrait, afin que Dieu, si cela se peut, l'aide dans son ouvrage.

Le soir, buvant seul ce vin aussi sombre que les

yeux des femmes portugaises auxquels il s'accoutume, il se demande à nouveau, et cette fois avec sérieux, s'il n'est pas temps de confier le bizarre de cette situation à la lettre pour Monseigneur. Car même si cela n'en a aucune véritable apparence, qu'il pourrait sans doute trouver le moyen de rejoindre Lisbonne à son gré, n'est-il pas enfermé ici d'une manière subtile et pour un dessein inconnu ?

Le vin aidant, la beauté du ciel d'étoiles aidant, le grand candélabre illuminé devant son ouvrage du jour, la douceur des couleurs peintes le portent au sourire et à l'indulgence, l'esprit diverti par d'autres pensées.

Sans nul doute Yacintha a-t-elle raconté un peu de leurs séances de travail. Les rumeurs doivent courir sur la *camera lucida*.

Désormais, il le sent, on le craint un peu. On prend ses distances. À la chapelle du château, les dames ne s'assoient plus si près de lui.

Alchimia ! Alchimia !

22

La chaleur est venue. Les nuits grésillent d'insectes. L'opulence du jardin devant l'atelier devient exubérance. Les grappes d'or des cytises explosent. Puis les lilas. Les orangers et les citronniers embaument à vous donner le tournis. La tonnelle d'aubépine n'est qu'une fontaine de pétales.

Le soleil de l'après-midi excite les odeurs de l'atelier. Les huiles, les résines de benjoin, de pin et de térébinthe, la colle et les pigments, tout pue dans un mélange de mollesse et d'acidité qui irrite gorge et nez. Les portes de l'atelier, quoique ouvertes en grand, n'aèrent pas assez. Néanmoins, enfouie sous la robe, Yacintha ne se plaint pas une seule fois.

Elle endure la minutie de Johannes autant que son inquiétude nouvelle. En deux jours il change d'humeur, devient aussi irritable que la puanteur de sa chimie.

Il craint que les couches peintes ne sèchent trop vite. Les pâtes elles-mêmes durcissent trop vite dans les coquilles de Saint-Jacques. Il se contraint à préparer de plus petites quantités de couleurs, au risque d'en perdre l'équilibre des tons, d'interrompre dix fois son travail, d'avoir à le reprendre, le corriger, ralentir sa tâche d'autant.

Il boit plus et plus souvent, tout ce qui se trouve à

portée de sa main, du vin, du cidre, de l'eau de citron. Il est grognon, soucieux. Moins attentif à sa tenue, au sourire apaisant de Yacintha, aux heures interminables de travail. Enclin aux amertumes de la nostalgie, pour la première fois la pensée lui vient qu'il pourrait travailler dans son atelier de Lille. Près d'un poêle, d'un pichet de bière, d'un rire de Marguerite.

En vérité, aucun accident ne justifie ce bougonnement. Il s'entretient de craintes artificieuses. Ses glacis sont toujours aussi purs. Le lapis-lazuli s'étire toujours comme une eau bleu sur la couche précédente. Le miracle de Toulouse se perpétue. La douceur de ses couleurs supporte beaucoup mieux la chaleur que lui-même. L'image peinte de la robe de l'infante sèche sans défaut. Chaque jour s'accroissent sa minutie, sa transparence, son modelé, sa brillance encore inégalée dans tout l'univers des images peintes à ce jour.

Il prie plus souvent.

Il songe plus souvent à ces mots dits au page Makhiel pendant le voyage : « Seule une précision infinie nous mettra sur le chemin de l'invisible. Du souvenir du paradis. Afin que notre chaos connaisse ses bornes. »

Il craint de tout gâcher d'un seul mauvais jour. Bien que ce soit désormais impossible.

Il le sait.

23

Enfin, un jeudi d'avant les Pâques, la pluie orageuse menace. On peut espérer un peu de fraîcheur. Au cœur de l'après-midi, l'ombre des nuages s'abat sur le jardin. La lumière baisse au point que Johannes hésite à poursuivre son travail.

Il relève les yeux pour constater la tourmente qui brutalise les feuillages du jardin. C'est alors que Yacintha brusquement se trouve mal.

Dans un soupir, elle glisse sur le côté du fauteuil aragonesque. Pour ne pas tomber tout à fait, elle s'agrippe aux accoudoirs. Ses mains sont livides, ses joues carmin.

Johannes se précipite, n'ose la toucher de crainte de maculer la robe avec ses doigts souillés de couleur. Il se retourne, cherche un chiffon tandis que Yacintha s'arc-boute dans la robe de l'infante comme dans une cuirasse. Parvient à esquisser un sourire. Johannes, les mains propres, peut la saisir sous les aisselles. La tête de Yacintha roule sur le haut de son bras. Une tête feutrée de cheveux mais qui pèse son poids. Front, joues et nuque gorgés d'odeurs comme un fruit de sucs. Yacintha tout entière pleine du parfum d'elle-même, lourd et musqué, mêlé de sueur autant que des senteurs de la robe, anciennes et ambrées, poussiéreuses. Un souffle difficile lui gonfle les seins en lisière du col de marte. Il ne peut s'empêcher d'admirer la pulsation rapide du sillon qui se soude et s'entrouvre, creuse entre les seins une faille haletante.

Il demande :

« Voulez-vous un gobelet d'eau ? »

Les premières gouttes s'écrasent avec fracas dans le jardin. Un coup de tonnerre roule pas très loin. Le feuillage des arbres vacille. Yacintha s'abandonne un peu plus contre lui, s'accorde à son buste avec une mollesse émouvante.

Elle répond :

« M'allonger, petit moment. La robe trop lourde, aujourd'hui. Pourquoi, je sais pas. »

Elle chuchote avec une tendre douceur, comme si elle-même s'adressait à un malade.

« Là-bas, dit Johannes, dans mon alcôve, c'est possible. »

Maintenant il pleut à verse. Une jubilation de pluie qui ploie l'opulence du jardin, souffle une haleine de terre humide jusque dans l'atelier.

Il la soutient jusqu'à l'alcôve, il dit :

« Je ne me suis pas rendu compte du temps qui passait. Et cette chaleur ! Cette robe n'est guère faite pour l'orage. Appuyez-vous sur moi. J'ai de l'eau fraîche dans une cruche. »

Il parle pour ne pas penser ce qu'il pense. D'une main, il empoigne une grande brassée de velours pour la soulager. Il sourit bêtement, fièrement, comme s'il y avait de quoi.

Pourquoi faut-il que cela l'émeuve tant de la sentir défaillante, si féminine dans son malaise, si confiante dans la force de son bras ?

Lorsqu'ils approchent de la couche, elle cesse de s'appuyer sur lui.

« S'il vous plaît ? »

Il se trompe sur son désir, déjà près à la reculade, la bouche pleine de protestations. Elle doit insister, pour qu'il comprenne :

« S'il vous plaît, la robe, le dos. »

Qu'il dénoue les lacets, lui libère le buste, voilà ce qu'elle veut. Il le fait. Tente de mettre une manière d'indifférence dans ses doigts. Songe malgré lui à Marguerite, s'efforce de ne pas y songer. Malgré tout, songe au poème recopié pour Marguerite : *Ut vaga ratis... comme un radeau sans ancre sur les plaines de mer, flotte entre le doute et l'espoir la milice hésitante de Vénus*.

Les premiers nœuds rompus, le lacet glissé dans les œillets, Yacintha semble déjà prise d'un allant nouveau. Elle s'incline sur la couche, y pose un genou et les deux mains. Si bien que le corset s'ouvre sous les doigts de Johannes ainsi qu'une coquille, dévoile, hors de sa mue, le corps de Yacintha en chemise de la nuque au creux des reins. D'abord il ne perçoit, sous le lin fin, translucide de transpiration, que la nervure de la colonne vertébrale et le renflement des fesses.

Aucune chair nue. Bien pire.

Le velours rigide, les broderies étouffantes s'amassent au pied de Yacintha. Pour s'en extirper tout à fait, elle agrippe à nouveau le bras de Johannes.

Son regard, la palpitation sur le côté de sa nuque, le frémissement de ses tétons sous le lin. Oh ! Ce regard, l'hésitation de son sourire, ce corps, cette grâce de vie que l'on a imaginée des jours et des heures durant alors qu'elle lève son visage, tend ses lèvres pour demander les siennes.

24

Ce premier baiser, on ne le goûte pas vraiment.

On songe à trop de choses, on ne peut s'en empêcher, à Monseigneur le duc qui baise tout son saoul par temps d'orage, au goût d'une femme qui ne soit pas sœur, ne soit pas Marguerite, à l'ironie de baiser le corps contenu dans la robe de Doña Isabel. On songe à Yacintha qui s'agrippe, au ventre buté contre le sexe bandé, on pense à l'accord entre l'en-haut et l'en-bas. Par bonheur, la pensée d'Ydria ne vient pas.

Bien des choses, ces derniers temps, laissaient présager un instant pareil, y conduisaient avec évidence, bien sûr.

Yacintha, elle, a encore la bouche mi-close par le besoin de vertu. Mais pas longtemps. Elle rouvre les yeux quand le baiser cesse. Elle fait l'offrande d'elle-même le plus simplement du monde. Ses yeux et son rire affirment que tout ça n'est pas une cérémonie, pas comme peindre une robe. La vie ne possède pas que la couleur du devoir, il fait chaud, la pluie est bienvenue, et le plaisir des baisers incomparable. Elle ôte sa chemise. Regarde-moi, toi qui vis de tes yeux. Un jour ce ventre fera des enfants, j'ai les seins déjà un peu lourds, ces tétons lustrés et sombres comme un bois ancien sont aujourd'hui pour tes lèvres, ma vulve si douce se consume sous tes doigts adroits, elle s'inonde de ton vit.

Un corps et un désir sans fausses routes, qui accueillent à petits coups de reins volontaires, les hanches lentes, conscient qu'il faut briser encore l'étonnement du valet de peinture.

Sur la couche, elle garde les yeux ouverts et les bras levés par l'abandon. Ses gémissements sont brefs, soyeux, jusqu'à ce qu'elle tremble, tremble du menton et de la pointe des seins, épaules et ventre secoués par une convulsion, un éparpillement de bonheur qui n'appartient qu'à elle et que Johannes absorbe comme une bénédiction.

25

Plus tard, dans l'apaisement et une fois le gobelet d'eau claire enfin bu, Yacintha sait encore sourire avec ravissement et négligence, nimbée de cette solitude de la jouissance qui rend les femmes si semblables les unes aux autres, reines ou servantes, sœurs ou inconnues, énigme de bonheurs incarnés qui n'appartient qu'à elles, les rend si lointaines et péniblement illusoires aux amants, si peu possédées aussitôt que conquises, qu'à chaque fois le désir évanoui dans la pluie d'orage renaissent l'espérance de l'ivresse, le désir du voyage entre seins, cuisses et caresses, celui-là peut-être qui ne sera pas qu'un tournoiement d'ombres, qui portera la connaissance derrière le cri. « Emmène-moi, allez, courons après toi, la reine me fait entrer dans ses chambres ! » dit le Livre.

Si bien qu'il n'y aura plus de séance de pose de la robe de l'infante Doña Isabel sans que la couche de la chambre accueille leurs baisers et que l'instant de peinture qui se construit dans l'atelier devienne aussi cet autre instant, ce souffle qui repousse les chaos dans l'alcôve.

Alchimia ! Alchimia !

26

Un jour, alors qu'il a à peine usé de ses pinceaux, Yacintha vient à son côté regarder la peinture.

Il ne proteste pas.

Elle prend sa main. Elle reste un long moment en silence avant de déclarer :

« Beau, beau, beau. »

Puis un instant plus tard :

« Beau comme pas d'autre dans le Portugal. »

Parle-t-elle de la robe ou de son image peinte ? Johannes ne le sait pas et ne pose pas la question.

Elle lâche sa main, passe derrière le grand chevalet, va jusqu'à la *camera lucida*. Elle en caresse la cloison. Un drôle de geste qui intimide Johannes.

Elle se retourne, un sérieux sur le visage qu'il ne lui connaît pas. Les yeux aussi brillants que lorsqu'elle lui demande de délacer la robe.

« Tu as fini. Plus de robe à peindre. Tu as fini de moi. »

Désormais, elle sait tutoyer.

Elle a raison. L'ouvrage est achevé.

Il sourit, passe ses doigts odorants de couleurs sous sa chemise de travail et secoue doucement la tête.

« Maintenant, je dois faire les copies. »

Elle regarde la lumière du jardin.

« Maintenant, le visage de Ma Dame l'infante. »

Sans qu'il puisse la retenir, elle traverse l'atelier. En un geste qu'il lui a vu faire des dizaines de fois, elle saisit les plis du velours à pleines mains, soulève la robe pour la préserver des épines des rosiers et s'enfuit dans le jardin. Il entend le battement de la porte.

Peut-être a-t-il prononcé son nom alors qu'elle disparaissait.

Yacintha !

Plus tard, il n'en fut pas certain. Peut-être n'avait-il pas même ouvert la bouche. Ce dont il était assuré, c'était d'avoir pensé qu'il n'y aurait ce jour-là ni baisers ni caresses dans l'alcôve.

Sans vraie déception.

Contempler l'ouvrage accompli et songer à la stupeur de ceux qui le verraient suffisaient amplement à sa jouissance.

27

Sur le long rouleau de papier retiré de l'étui de cuir, il écrivit à Monseigneur le duc comment et dans quelles conditions il avait achevé la peinture de la robe de l'infante Doña Isabel.

Après bien des réflexions, il suggéra que cette robe, par son luxe de broderies, de menus détails, son chef-d'œuvre de confection, avait sans doute été un moyen de ralentir son ouvrage, d'en reporter l'achèvement et, il se peut même, de l'empêcher.

La raison de cette volonté, si elle devait être, il l'ignorait.

Mais l'achèvement était là. Bien qu'il remontât maintenant à plusieurs jours, il s'étonnait aujourd'hui que ni l'infante, ni toute autre personne de sa famille ne fussent venues se rendre compte de l'ouvrage par leurs propres yeux. Il ajouta qu'après avoir beaucoup questionné les gens du château il apparaissait que l'infante Doña Isabel n'y était pas présente et depuis longtemps. La jeune femme lui ayant servi de modèle durant les longues semaines de pose n'y demeurait plus, elle non plus.

En conséquence, dès qu'il aurait terminé une copie réduisant l'ouvrage premier à une taille moindre, ce qui en faciliterait le transport, il réclamerait qu'on le reconduise à Lisbonne. Là, il se concerterait avec messire André et messire Baudoin sur la suite qu'il convenait de donner aux mauvais aspects de cette ambassade.

Néanmoins, s'il le fallait, plus tard et même une fois de retour en Flandre, la peinture de la robe, à son jugement, était si parfaite qu'on pourrait y déposer, dans le vide du décolleté, la tête que l'on voudrait.

Ainsi, de tout cet effort et ce temps, rien ne serait perdu.

28

Quelques heures après avoir écrit cela, buvant son vin noir et toujours scrutant son double ouvrage à la chandelle, grand et petit, original et copie, il est submergé par une émotion inattendue qui n'a rien d'une délivrance.

En acceptant de peindre la robe sans connaître le visage et le regard qui s'accorde à son infinité de détails, il a peint le vide.

De l'étourdissant ouvrage de la robe, des entailles, des languées, des rigotées, des perles et des doublures, des ors et des fausses manches, de tout cet enjolivement il a fait surgir la subtile matière. Mais ce faisant il a peint un pur objet.

Non pas l'écho du Paradis.

La perfection même des détails de son image peinte ne sertit que l'obscurité de l'absence !

Voilà ce qu'il a peint : l'absence de Doña Isabel. Le grand spectacle de son refus.

Il l'a peint avec un sublime savoir. Pour rien. Pour peindre.

Il a ce faisant frôlé la face du Diable elle-même, le néant où les humains n'ont plus de place.

Rien n'est achevé.

Yacintha a raison. Maintenant le visage de l'infante.

Dans le poème il est écrit : *Noctes continuas sidere nudas… Nos nuits vont sans fin, vides d'étoiles et veuves de la lune.*

29

Le bruit de la porte du jardin.

Elles sont quatre. Trois dames escortant l'infante.

Le voile la rend aisément reconnaissable, ses mains n'ont pas changé. Sa robe est simple, austère, de la même coupe et même couleur lie-de-vin que celles de ses duègnes, pareillement serrée, malgré la chaleur, sur une poitrine que l'on ne peut mesurer sous le gros chapelet de buis et d'or qui y repose.

Il s'incline. Il fait sonner un « Ma Dame » sans aucune des timidités de la première fois. Une politesse de grande neutralité qui ne laisse percevoir ni surprise, ni soulagement ou impatience. Un salut auquel il a songé plus d'une fois, qu'il a répété dans son alcôve, le verre à la main, un sourire modeste aux lèvres.

Elle répond d'un flottement de voile, n'a pas un geste à faire pour que les duègnes s'écartent, disparaissent dans le jardin, peut-être en franchissent la porte, il ne le sait car, sans une hésitation, elle va se poster devant le panneau peint de la robe.

Doña Isabel droite dans son voile devant son ouvrage. Le grand et le petit, original et copie. La robe en splendeur, ce vide qu'il a peint.

Elle demeure silencieuse un long moment.

Enfin elle parle. Elle ne dit pas son goût, son admiration ou sa déception. Elle demande :

« Avez-vous douté de parvenir à peindre cette robe, maître Johannes ? »

Voix sèche, sans aménité ni tremblement d'émotion.

« Non, ma Dame.

– Pas un instant ?

– Pas un instant, ma Dame. »

Le voile se tourne vers lui. Il ondule sous son souffle bien qu'elle se taise. Ce que peut être son regard, il n'en a aucune idée.

Elle recule, un pas, deux pas. Elle se détourne, paraît considérer l'atelier, en respirer les odeurs, y deviner peut-être, songe Johannes, les baisers de Yacintha. En un geste qui lui semble fréquent, ses belles mains d'infante juvénile se referment l'une sur l'autre et sur la croix du chapelet. Avec plus de souplesse dans la voix, elle déclare :

« On va vous admirer grandement pour cet ouvrage, maître Johannes. Nul n'a rien vu de pareil, d'aussi fin et de plus vrai.

– Ce n'est qu'une robe, ma Dame.

– Gracieuse modestie. Elle plairait à mon frère Dom Duarte, mais il n'est pas là pour l'entendre. Il y a du divin dans cette robe peinte, alors qu'il n'y a que du tissu, des perles et des ors dans la mienne.

– Pardonnez-moi, ma Dame, il n'y a que de l'absence dans cet ouvrage. De l'inachevé. Le vide froid d'un pur objet qui n'est dû qu'à l'effort et au caprice des humains, non à la bonté divine. Rien qu'on puisse admirer. »

À nouveau, elle le dévisage de sous son voile. Aussi longtemps qu'elle a contemplé la robe peinte un instant plus tôt. Respirant plus fort. Cela se devine au soulèvement de ses mains sur sa poitrine.

D'un brusque tournoiement de hanche elle s'écarte. Alors que Johannes croit qu'elle va déjà rejoindre le jardin, elle gravit la marche de l'estrade, prend place dans le fauteuil aragonesque.

« Vous allez pouvoir combler ce vide, maître Johannes. Messire l'infant et toute sa politique ont su être convaincants. »

Dit-elle, soulevant son voile, l'ôtant d'un mouvement royal de la coiffe transparente qui serre ses cheveux. Dévoilant son visage.

« Les femmes sont des incarnations du devoir, maître Johannes, et les infantes plus souvent encore que les autres. »

30

Son visage.

Enfin, il est là tout autant que Doña Isabel, le bleu des iris pailleté de doré au pourtour de la prunelle vous examine, guette l'effet de sa mise à nu, si bien qu'il faut lutter contre le désir de détourner ses propres yeux, admirer la peau très claire, très fine, par endroits légèrement satinée, sur les tempes, le haut des pommettes, les côtés du nez mais pas sur les narines, un grain fin qui fait songer à l'emploi d'une poudre de craie estompée déjà par la chaleur du jour, poudre qui peut-être voudrait masquer quelques rides, légères pourtant, bénignes au-dessus des sourcils, présentes sous les yeux bien sûr, plus accentuées depuis l'aile du nez, s'évasant pour accoler la commissure des lèvres en deux courbes symétriques pareilles à l'orbe d'une hanche, sur le cou aussi, deux plis nets annonçant le frôlement de l'âge, mais nulle part un empâtement de la chair, au contraire l'élégance et la fermeté, et d'abord dans le nez, beau, très beau, d'une grande finesse, d'une parfaite proportion, l'arête plate plus que ronde, inégalement droite, ce qui est d'une grande douceur, les narines délicates, sans fragilité excessive, échos des arcs de sourcils bien peu fournis, par nature ou par volonté, soulevant et aérant les paupières, les rendant plus pleines, ailées de cils transparents, si courts et si transparents qu'une ombre de charbon les a effleurés afin d'en souligner la présence sous la lumière du front très haut, très rond, lumière d'intelligence qui ondoie sur l'ensemble du visage, l'allonge un peu plus qu'il n'est ordinaire, les tempes de ce fait plus larges, accueillant un bandeau de dentelle qui retient la coiffe, masque un frisottis de cheveux à brillance de cuivre, mais pas les oreilles dont les lobes descendent bas, à un doigt de l'angle des mâchoires curieusement masculines et achevées par un menton pointu, un menton d'enfance il n'y a pas d'autres mots, arc-boutant la lèvre inférieure, plus ronde et charnue que l'autre, la pulpe très rose mais seulement en son centre, les extrémités de la bouche acérées pour le sourire et certainement d'autres batailles, une bouche sans amertume et de grand calme, mais sensuelle non, on ne le dirait pas, une bouche préférant les mots aux baisers on en jurerait, une bouche de femme qui n'est plus une enfant malgré son menton, une femme au contraire dans la lumière de son discernement et de sa volonté, qui sait peser à la balance de ses ans le poids de son regard, le prix de ses caresses, une femme qui n'a pas vingt ans non, pas comme ses mains, mais a déjà acquis le temps de la vérité et qui déclare, de sa voix plus chantante maintenant que le voile a disparu, que l'on peut admirer la bouche d'où s'élancent les mots :

« Voici mon visage, maître Johannes. »

31

Elle dit encore :

« Cela conviendra-t-il à Bourgogne et à son valet de peinture ? »

Il se taisait, n'ayant rien à répondre hormis le battement plus violent de son cœur, la sueur sur ses tempes, toute cette excitation qui le saisissait des reins à la nuque, cette pensée de l'achèvement proche qui l'envahissait comme un champ inondé par une digue rompue.

Elle disait :

« Rien n'a changé de mon opinion sur votre maître. Cependant Dom Duarte et messires les ambassadeurs sont convenus du contrat qui doit me marier. Ainsi vont les choses. On prie déjà pour moi dans nos églises et l'on songe à me coudre une nouvelle robe. »

Ses doigts s'écartèrent, le voile se replia sur l'estrade, au pied du fauteuil aragonesque.

« Voilà qui n'a plus d'usage désormais. Vous pourrez dès demain peindre mon visage dans le col de la robe. »

Ni sourire ni mimique pour amoindrir la sécheresse de ses paroles.

Achever, achever enfin, et avec ces yeux-là, cette bouche, cette fureur, cette ironie-là, cette froideur pétillante, triste et vigoureuse, avec laquelle elle l'agaçait encore d'une pique :

« Eh bien, maître Johannes, êtes-vous prêt à accomplir ce pour quoi vous êtes venu ?

– Je suis heureux de pouvoir achever mon travail, ma Dame. Cela prendra peu de votre temps et je ferai de mon mieux. »

Sans trouver d'autres mots, plus de mots, pour dire le vrai. Elle, déjà debout, lui offrant le silence de ses paupières tandis qu'elle se détournait pour quitter l'estrade, lui offrant son profil, le nez vraiment beau, la pointe du menton adoucie par la tendresse du cou, le front haut, simple comme ses paroles :

« Vous ferez comme moi, maître Johannes. Et le temps n'est pas ce qui nous manque. »

Maintenant que l'on avait vu son visage, elle n'était plus la même personne, même n'offrant que son dos au regard.

Sur le seuil de l'atelier, le bas de sa robe dans la nappe de soleil brûlant le sang des tommettes, elle conservait son sourire. Comme il l'avait prévu, les commissures en remontaient, creusaient les ailes du nez et arrondissaient ses joues. Un sourire sans douceur, un sourire de pointes, un sourire d'habile manœuvrier rompu aux guerres qui ne s'achèvent pas en un seul combat.

« Saviez-vous, maître Johannes, que Dame Yacintha a rejoint sa famille ? Son père Dom Joao de Menesese Puedõ va la marier à la prochaine Sainte-Diane.

– Elle ne m'en a rien dit. »

Le sourire n'empêchait pas de fouiller le regard du valet de peinture, d'y chercher un trouble, peut-être une ombre. D'y déceler une vérité tandis qu'il songeait, lui, qu'elle savait bien sûr tout des baisers de Yacintha, de ses caresses et bonheurs d'alcôve.

Ainsi, comme le faisait Yacintha, elle inclina le buste,

pencha l'épaule droite, ramassa de sa main de femme de vingt ans les plis de sa robe pour les sauvegarder des épines de roses.

« Le devoir, maître Johannes ! Le devoir des femmes et leur silence. »

32

Ce soir-là, le visage de Doña Isabel, chacun put le voir à nouveau, Johannes comme les autres, qui se garda de manquer le repas dans la grande salle commune.

Un visage à la fois semblable et bien différent de celui qu'elle lui avait dévoilé. Pas seulement parce qu'éclairé de chandelles ou souvent incliné sur le côté, comme si son épaule plus que son oreille se chargeait des bavardages de circonstance. L'œil vif et froid, la paupière patiente, elle paraissait offrir la pureté de sa joue en gage de ses pensées, accommodant le roulé de sa lèvre aux cajoleries courtisanes. Un visage de princesse longuement accoutumée aux rites et obligations de son lustre, voilà ce qu'il pourrait écrire à Monseigneur. Celui d'une épouse qui saurait se mesurer au poids de ses devoirs comme à la raideur de sa volonté. Une femme assurément de l'âge de son corps, on ne pouvait en douter. Bien que cet âge nulle femme ne sût mieux le porter que Doña Isabel, étrangement, comme ces fleurs dont l'automne s'avère assomption et or des étés, leur engendre des pétales plus fermes, aux tons plus soutenus, à la chair plus consistante, la dignité mieux dressée, si bien qu'on ose moins les cueillir, qu'on ose moins accélérer par égoïsme cet automne dont elles se défendent si bien, ainsi peut-être en allait-il pour

Dame l'infante : sa virginité demeurée inaltérée, nul n'étant jamais parvenu à la témérité d'une cueillaison.

À Marguerite, il écrirait plus simplement qu'il y a en Doña Isabel, plus que de la beauté, la pleine puissance de l'orgueil et le grand savoir des séductions qui se dissolvent dans le vide. Mais aussi autre chose. Une *chose* qui ne peut se dire en mots car elle est de celle qui engendre la vérité des images peintes.

33

Ce soir-là cependant, chauffé par l'excitation de ses yeux et par la pensée de l'achèvement autant que par le vin et la touffeur de la nuit palpitante d'insectes invisibles, Johannes ne retire pas la lettre pour Monseigneur de son rouleau de cuir. Encore moins a-t-il la pensée d'écrire à Marguerite. Il allume tout ce qu'il peut de mèches et de lumignons dans l'atelier, étale des papiers enduits, des plumes de bécasse et des encres, ôte ses chausses insupportables en cette chaleur. En chemise, le cul à l'air comme un Monseigneur, en traits assurés et sans l'aide de la *camera lucida*, il fait jaillir une vingtaine de visages de Doña Isabel de celui incrusté dans sa cervelle.

« Derrière ton voile tes yeux,
ici tes cheveux,
des chèvres noires dévalent de la montagne de
[Galaad,
ta joue derrière ton voile... », dit le Livre.

Après deux heures de sommeil il reprend sa tâche, obtient quatre nouveaux dessins à la pointe d'argent selon des profils et des inclinaisons différentes, chacun convenant à l'encolure de la robe. Ensuite, sans un repos, dans la lumière du jour revenue et le peu de fraîcheur du matin, il travaille ses pâtes de couleur assez vite, assez parfaitement, à vrai dire comme un enchantement, pour obtenir un portrait sur une planche d'un pied de haut et neuf pouces de large, l'achevant avant le zénith, assez tôt pour qu'il sèche un peu, assez tôt pour en faire la surprise à ma Dame l'infante lorsqu'au cœur de l'après-midi le claquement du loquet et les gonds de la porte du jardin annoncent sa venue et l'épreuve de sa pose.

Alchimia ! Alchimia !

34

De sa surprise devant le travail déjà accompli, elle ne laisse rien deviner. Elle constate :

« Je me doutais bien, maître Johannes, que vous seriez capable d'un pareil exploit. Vous comprenez maintenant la raison de mon voile. »

Ils sont debout devant la table, devant l'ouvrage étalé de la nuit et du matin.

Elle se tait. Elle saisit les dessins entre ses doigts, les contemple sans rien laisser paraître dans son regard ni sur son visage nu d'un jour de plus. Sourcils et cils aujourd'hui plus marqués, lèvres rosies d'une crème, apprêtées à leur devoir.

À lui, le manque de sommeil durcit la nuque. La faim d'un verre de vin, qu'il n'a pas osé prendre pour ne pas se gâter l'haleine, le taraude. La fournaise du jour le fait macérer dans son pourpoint, tandis que Doña Isabel se montre si fraîche dans le lin d'une robe au jaune de paille, à petits crevés de manche et col de dentelle, le faste tout entier réduit au collier de pierre d'azur, de topazes serties d'or et jointées de perles. Une splendeur de bijou comme on n'en peint qu'aux cous des reines et de la Sainte Vierge.

Elle abandonne les dessins sur la table, s'éloigne jusqu'au fauteuil aragonesque. Tandis qu'elle s'y assoit, ses mains se referment dans le geste familier, serrent le collier entre des seins qu'il n'imagine toujours pas.

Le regard sur la *camera lucida*, pour l'heure rien d'autre que des battants repliés sur leurs secrets, un obscur encombrement de planches au milieu de la pièce, elle remarque :

« Ainsi, vous n'avez pas toujours besoin de l'alchimie de votre *chambre claire.* »

De cela aussi Yacintha lui a parlé. Il se détend, se frotte la joue qu'il a bien rêche, ne cherche pas à faire le courtisan.

« Pas toujours, ma Dame. Mes yeux et ma mémoire parfois me suffisent. »

Elle lui accorde cette aimable ironie d'un mouvement du front.

Il dispose la grande image peinte de la robe afin que Doña Isabel puisse aisément la voir, y plaque au-dessus du col le portrait achevé de frais. Il dit :

« La pose devant la *camera lucida* est longue et peu agréable. Un désagrément que je peux vous épargner. Si cette image de votre visage vous convient. »

Du fauteuil aragonesque elle contemple l'effet de l'ensemble, tissus et chairs pour la première fois réunis, son visage étrangement magnifié par le faste de la robe, un peu incliné sur l'épaule droite, de trois quarts, les yeux considérant un au-delà, un lointain, une éternité qu'eux seuls peuvent deviner. S'y perdant peut-être. Un visage de pleine lumière surgit d'un fond sombre, assourdi de vert, faisant songer aux abîmes d'obscurité contenus dans un marbre.

Cette fois enfin, dans la crispation de ses lèvres, on devine l'émotion qu'elle ressent à se voir ainsi qu'elle est et n'est pas tout à fait dans l'illusion d'une image peinte. Il se passe un temps si long de silence que Johannes doute qu'elle ait entendu son offre.

Enfin, relevant front et paupières, elle répond.

« Il n'y a plus rien que vous puissiez m'épargner, maître Johannes. J'ai espéré, c'est vrai, que vous ne parviendriez pas à peindre la robe que je vous envoyais avec Dame Yacintha. Je me suis laissé accroire que vous y besogneriez de si mauvaise manière que le jour où vous y poseriez mon visage, il apparaîtrait si désagréable que Bourgogne songerait à d'autres épousailles. Mais mon frère Dom Duarte avait raison. C'était vous mésestimer. »

Sans une vibration de la voix pour indiquer si cela est un vrai reproche, un compliment ou un simple constat.

Quoi faire sinon déguiser son embarras en détruisant le personnage du portrait, en reposant le visage peint sur la table avec plus de précautions que nécessaire ?

Elle demande :

« Ce visage que vous avez là conviendra-t-il, selon vous, à Bourgogne ?

– Je le souhaite, ma Dame.

– En obtiendra-t-il la réponse à la question qui le taraude ?

– La question, ma Dame ?

– Allons, maître Johannes, ne soulevez pas si haut les sourcils. Vous savez bien. La virginité de l'infante Doña Isabel. »

35

Elle profite sans peine du silence que ses mots engendrent. Elle sourit de son grand sourire de piques, de hallebardes, de féroce combattante.

« Vous rougissez, maître Johannes, comme les enfants avant les aveux. C'est plaisant et plus aimable à voir que les mines de messires les ambassadeurs de Bourgogne furetant à droite et à gauche, le nez pointu comme des belettes mais l'esprit plus pesant que des ânes crevés. Ces deux-là questionnent jusqu'aux femmes de ma chambre dans l'espoir d'apprendre la vérité sur l'état de l'infante, poussent toutes les portes qui s'offrent à leurs mains comme si c'étaient les plis de mes cottes !

– Ma Dame, je n'ai pas d'autre ouvrage ici que celui qui m'occupe tous les jours.

– Et dont on sait la fonction. Allons, allons, maître Johannes. Soyons courageux ! Vous autant que moi. Souvenez-vous qu'il y a sept ans déjà, mon frère Dom Pedro est allé devant votre maître au château de Hesdin proposer, au nom de notre père le roi Jean, une alliance par le fruit d'épousailles avec l'infante du Portugal. Mais oui, vous le savez, j'en suis certaine. Il n'est pas un seigneur, pas un valet de Flandre qui ne s'en est gaussé. Cela a dû se raconter sur les places de marché et jusque dans les églises les plus minuscules. Je suis bien certaine. Bourgogne était veuf déjà, ses épouses ne lui durant guère, à ce qu'il semble. À peine plus que ses donzelles. Quoiqu'à leur différence les épouses en trépassent, le poison du mariage s'avérant plus radical, je le crains, que le harassement du plaisir. Veuf, mais pas sans appétit ! Après quatre mois de deuil, il a fait connaître son désir d'une consolation, rappelant aux cours du monde tout l'étincelant de sa personne, ses titres, sa richesse et l'immensité de ses prétentions. Et moi, maître Johannes, j'ai un père et des frères, roi et futurs rois d'un pays petit mais où l'on conjecture que l'océan se muera bientôt en une corne d'abondance par la grâce de Dieu, des étoiles et des naves de mon frère Henri. Des orgueilleux, des impatients. Des naïfs. L'ambassade de Dom Pedro n'est jamais parvenue devant Bourgogne. Elle s'est cognée aux oreilles de son poulailler. Pas même à celles d'un chambellan. Pour attirer la gracieuse attention du grand duc d'Occident, mon père avait fait accompagner sa proposition de quatre chevaux. Les étalons les plus magnifiques de nos écuries, dressés à merveille pour les tournois et les parades. Finesse de race, de galbe, de jarret, de robe, beau museau, yeux profonds, dents parfaites, maître Johannes. Chacune de ces qualités devant égayer chez le duc d'aimables songeries quant à la souplesse, la vivacité de l'infante. Il ne leur manquait que d'être juments pour me ressembler tout à fait ! Devant un si beau présent, Bourgogne, si abondamment prince et seigneur que le sang de Charlemagne et de Saint Louis coule jusque dans le bleu ses veines, est sorti de son silence. Il a fait savoir par monts et vaux que les écuries d'Aviz étaient trop incertaines pour que ces bêtes soient de sang fiable. Ce furent ses mots. J'avais vingt-six ans, maître Johannes ! Aujourd'hui j'en ai passé trente de deux années. Et voilà que la copulation avec Isabel du Portugal n'engendrerait plus aucune corruption. À la condition bien sûr que la pureté de l'infante, comme disent messires vos compagnons d'ambassade, soit demeurée épargnée ! »

Il n'y a plus de rire, plus d'ironie. Seulement la fureur toute brutale d'une humiliation longtemps remâchée. Fronts et joues livides, narines durcies. La bouche amincie sur la parfaite blancheur des dents, ainsi qu'on la peindrait, imaginaire sainte Agathe secourue par le miracle de Guillaume, serrée dans la neige, grondant de rage et non de peur à l'approche des loups.

Elle se souleva du fauteuil aragonesque, l'abandonna, le calme déjà revenu, porteuse même d'un regard amusé.

« Cette faute n'est pas la vôtre, maître Johannes, et je ne suis plus assez blessée pour croire qu'une injustice peut en réparer une autre. Mais vous êtes son valet de peinture. »

On ne pouvait s'empêcher, d'un sourire, d'admettre une fois de plus, mais avec une certaine douceur :

« Ce pour quoi on m'ordonne et me paie.

– Voilà, maître Johannes. »

Cela accordé sur un ton plus bas, avec une froide gentillesse, ainsi que la question suivante :

« Il est bien, dans un portrait, un signe de la virginité ?

– Les cheveux sont dénoués, flottant sur les épaules.

– Sur ce visage que voilà, vous me disposez avec une coiffe bien serrée, les boucles bien tendues sous le ruban de dentelles.

– C'est une autre convention de peinture, ma Dame, et qui sied plus encore à une infante.

– Plus que celle de la virginité ?

– Cela peut aisément se corriger. »

L'ambiguïté du propos l'amusa à nouveau. Les yeux dans les yeux, ils se sourirent comme ces voyageurs inconnus encore l'un de l'autre la veille et qui, cependant, d'un commun effort, découvrent le sommet d'un col dont la pente, plus d'une fois, a été menaçante.

Sa main de femme de vingt ans désigna l'ouvrage de la nuit.

« Bourgogne pourra-t-il en déduire mon état ?

– La convention d'un portrait ne saurait être une preuve, ma Dame.

– Sauf venant de votre pinceau.

– C'est accorder trop de poids à mon ouvrage. Il n'excède pas son prix. D'une manière générale, il y a moins de vérité dans une image peinte que de sentiment de la vérité.

– Ce qui n'est pas moins efficace que le vrai lui-même.

– Seulement lorsque ce vrai est difficile à discerner, ma Dame. »

Sans ciller, sans détourner le regard. Elle se tut un instant. Le pailleté de ses iris dansait dans la chaleur du jour. Il y aurait eu bien d'autres visages d'elle à peindre. Elle le savait. Elle le lisait dans le visage du valet de peinture. Elle ne s'en ôta pas le sourire, les lèvres cependant plus frémissantes, chuchotantes.

« La vérité, vous ne me la direz pas, maître Johannes. Mais à un signe de votre peinture, Bourgogne saura ce que vous songez de moi. N'ai-je pas raison ? »

Et d'ajouter, la voix plus haute, voltant pour offrir son dos, s'éloignant à longs pas vers le jardin et le dehors, nous épargnant un mensonge :

« Puisque vous y tenez tant, maître Johannes, achevez donc ce que vous avez commencé. Dans quatre jours, ce sera la Saint-Antoine, le patron de notre chapelle. Les yeux seront nombreux pour admirer votre ouvrage si vous venez le disposer dans la grande salle du château. »

36

Cinq matins plus tard, dans le semblant de fraîcheur de l'aube, la lettre pour Monseigneur, cette fois on la sortit de son étui de cuir pour y écrire longuement, non sans fierté, que l'on avait bel et bien achevé le portrait de l'infante, celle-ci ayant enfin consenti à montrer son visage. Un achèvement plus accompli que ne le laissaient croire les lignes précédemment écrites : Doña Isabel en son entier depuis les plis de la robe jusqu'aux cils et sourcils, haute de deux pieds, large d'un pied et sept pouces.

Hier, jour de la Saint-Antoine de l'an de l'incarnation du Fils de Dieu mille quatre cent vingt et neuf, deux heures avant l'angélus, tout ce que la cour du roi Jean du Portugal comptait de seigneurs et de dames de sang et de rang avait pu contempler l'image peinte de l'infante dans la lumière de la grande salle du château où ne manquait que le roi Jean, rendu immobile par l'âge. Monseigneur l'infant Dom Duarte, entouré de la baronnie de sa maison en grande tenue, escorté d'hommes d'armes joliment équipés pour la parade et la fête, avait, lui, accompli le trajet depuis Lisbonne.

La sincérité de la relation me contraint à dire qu'il y eut une belle approbation de mon ouvrage,

chacun marquant dans son applaudissement un grand étonnement de découvrir une image peinte comme on n'en avait jamais vu jusqu'alors dans le Portugal et semblant se confondre avec la réalité de Doña Isabel, la magnificence de sa parure et la noblesse de sa posture. Ma Dame l'Infante elle-même se plia à la demande de Monseigneur Dom Duarte de paraître à côté du portrait pour que l'on pût en saisir toute la correspondance, bien qu'elle portât une robe de moins grand apparat.
Monseigneur l'Infant s'est montré enjoué, aimable, octroyant beaucoup de compliments auxquels j'ai répondu en l'assurant que ce qu'il avait devant les yeux n'était rien de plus ni de moins que ce Monseigneur le duc exigeait en ses Flandres d'un valet de peinture.
Comme je m'étonnais de ne pas voir dans toute cette belle assemblée Messire André et Messire Baudouin, on m'a confié des nouvelles qui ne m'étaient pas parvenues dans l'éloignement du château de Sintra. Messire André, la jambe brisée lors d'une chasse, ne peut encore se déplacer sans endurer de grandes douleurs. Par chance, cela n'est advenu qu'après que l'Infant Dom Duarte et Messire André aient pu s'accorder sur les désirs de Monseigneur. Quant à Messire Baudouin, on le dit reparti pour Lille après que la nouvelle de la fin du siège d'Orléans fut arrivée ici.
Ainsi, vais-je achever en très peu de temps la copie du grand tableau en une taille réduite qui sera aisément transportable par le page Makhiel, la grâce de Dieu voulant que mon ouvrage et mes

mots parviennent sains et saufs aux mains et aux regards de Monseigneur avant la Sainte-Anne.
Monseigneur pourra ainsi juger par lui-même du visage et de la tournure de l'Infante. D'avoir été quelques fois en sa fière présence m'a fait estimer hautement son caractère simple et droit, sans embarras des opinions qui lui sont fortement arrimées. Elle sait avec excellence prouver la fermeté du rang où Dieu la place, affirmant avec ses décisions une maturité que son allure souriante et benoîte ne laisse pas deviner au premier coup d'œil. L'esprit naïf et sans pouvoir être en ces affaires un conseiller fiable tant on est loin de la racine et du tronc des décisions, on affirmerait volontiers que si un prince cherchait une reine pour épouse, il ne saurait en trouver de plus farouchement constituée pour ce rôle.
Pour le reste de l'interrogation que Monseigneur a voulu me confier, que « nul de saura » et pour le peu d'assurance de mon jugement, Doña Isabel n'est assurément plus jouvencelle, encore que souple et tout illuminée de jeunesse, nulle autre femme ne sachant mieux qu'elle éblouir avec le temps qui passe, allumant de nombreux feux chez les seigneurs et barons les plus avenants de la cour de son père, mais tout autant érigeant une dignité intimidante, une sagesse sévère et peu encline, par maîtrise ou par nature, on ne sait, au roman et au spectacle des sentiments. En outre, les règles puissantes de la maison d'Aviz veulent qu'elle conserve près d'elle jours et nuits la compagnie de dames de religion, si bien qu'il n'y aurait pas de surprise à découvrir une demoi-

selle sous la carapace de la dame, nul ici, de surcroît, ne se vantant jamais d'avoir été élu au rang de conquérant.

Ce que l'on écrit avec d'autant plus d'éloquence qu'en vérité on l'ignore absolument.

37

La chaleur de l'été embrasait déjà le jour au-dehors, irritait les odeurs du dedans. On entendait les cris des hirondelles, le fracas des cigales par-dessus le grondement des roues de chars sur les dalles de la cour. On entendait les cris des adieux, ceux des femmes surtout, les aboiements des chiens, les ordres des veneurs, le piétinement des chevaux tenus sous la poigne des seigneurs et dames qu'on ne s'était pas obligé à aller saluer. Le valet de peinture de Monseigneur le grand duc d'Occident n'était ici le valet de personne.

Puis, à nouveau, on entendit les cigales et les hirondelles. Ce qui était, ici, le bruit du silence.

Un peu plus tard, alors que l'on était prêt au travail, que l'on venait de se rafraîchir le visage d'un linge humide, les pâtes de couleur disposées en petites quantités dans les coquilles de Saint-Jacques, les pinceaux alignés, le report à la pointe d'argent du visage de l'infante bien visible sur l'enduit lissé, on entendit les gonds de la porte du jardin.

On entendit les pas. On sut avant de voir, surpris et cependant pas vraiment.

Aujourd'hui les duègnes ne s'avancèrent pas jusqu'au seuil de l'atelier.

Elle dit :

« J'espère que vous êtes satisfait des louanges que vous avez reçues hier, maître Johannes. »

On s'inclina, saluant avec un sourire qui répondait à son sourire.

Quand on se redressa, cherchant ses yeux pour montrer que l'on n'était pas moins qu'elle la dupe du brillant, Doña Isabel dit encore, d'un ton enjoué :

« Maintenant que ceci est accompli, vous allez travailler au visage que Bourgogne va voir de moi. »

38

« J'ai songé à ceci, maître Johannes : du dedans comme au-dehors, mon visage est le mien. Et c'est ce mien visage que je veux laisser voir à Bourgogne avant sa décision finale.

– Vous me voyez étonné, ma Dame. Hier Monseigneur Dom Duarte, les seigneurs et les dames n'ont rien acclamé d'autre que la ressemblance entre cette image peinte que voilà et votre visage.

– Vous dites le juste, maître Johannes. Ils ont acclamé l'habileté d'une chose peinte par vous et non la vérité contenue dans mon visage. Ce que Dieu y a déposé. Et abandonné.

– …

– Je peux mieux éclairer votre esprit, maître Johannes. Ma volonté n'est pas que vous me transformiez en une chose peinte. Je ne veux ni grâce ni splendeur. Je veux l'état de ma chair. Je veux que vous utilisiez votre *camera lucida*, maître Johannes. Toute cette précision que vous avez su mettre dans la robe, je la veux dans la reproduction de mes traits et de mes rides. Je veux aussi que dans le col de la robe ma face soit disposée de face, non de profil comme vous l'avez fait, mais comme si je regardais Bourgogne et que lui, en retour, me regardait de ses yeux et non des vôtres. Est-ce possible ? Ma volonté peut-elle être la vôtre ?

– Je m'apprêtais à faire la copie de l'ouvrage que Monseigneur Dom Duarte a approuvé hier.

– Je croyais que l'opinion de Dom Duarte ne comptait pas dans cette affaire ? Ne lui avez-vous pas déclaré, lors de votre arrivée à Lisbonne, que vous n'avez que les yeux de Bourgogne à satisfaire ?

– Oui, ma Dame. Et c'est bien ma règle et mon devoir, aujourd'hui autant qu'hier.

– Une règle et un devoir que vous savez parfaitement ajuster à votre convenance quand le besoin de faire briller votre peinture se fait sentir.

– Ma Dame…

– Maître Johannes, je sens que l'on ne se comprend pas bien. Vous demanderais-je autre chose que de satisfaire la main qui vous paie ? Que non ! Ni tricherie ni mentir ! Tout à rebours, je vous veux le plus franc. Et même plus excellent de tout ce savoir et ce regard que vous posez sur le vrai comme nul autre. Cette image peinte que chacun a applaudie hier est admirable et parfaite. Mais elle contient plus de vérité dans les plis et les ombres des crevés de la robe que dans le visage de l'infante Doña Isabel. Là, je n'y vois rien que des traits qui me ressemblent. Oreille, joue ou nez. Chacun certes plaisant, je vous en rends grâces, mais muet. Aussi lointains que si Bourgogne les voyait depuis Bruges alors que, moi, je demeure ici. Pourtant il me veut près de lui jusqu'à ma mort. Il me veut voir vieillir sous son regard et, surtout, convenez-en, il veut savoir déjà pourquoi, aussitôt que m'ayant épousée, il me préférera quantité de dames de vingt ans. Pucelles encore ou robustes dévotes des alcôves, peu lui importera pourvu qu'elles enluminent la réputation de son appétit. Qu'il puisse, encore et encore, montrer à l'univers qu'il y a Dieu et qu'après, il y a lui. Et moi, maître Johannes, je ne veux pas le décevoir. Je veux que dans l'image peinte de mon visage et mon regard il découvre les mots et les pensées que j'ai et aurai de lui. Je veux qu'en regardant votre ouvrage, il ne soit pas occupé par ses seules pensées mais puisse se convaincre des miennes. Comprenez-vous ? Quand je vous regarde, maître Johannes, moi j'ai la pensée du dedans de vous. Je peux vous décrire votre visage autrement que par l'apparence des traits. Votre teint est froid et votre lèvre supérieure est si mince que l'on sait d'emblée le peu de sentiments que vous vous autorisez. Cela n'empêche pas votre bouche d'apparaître belle, simple et franche. Votre nez est l'énigme de votre face. Un nez trop long. Plus long encore que le mien, avec de grandes narines. On se dit qu'il témoigne de beaucoup d'orgueil, mais aussi qu'il sait ployer longtemps sous le vent. De ces deux mouvements, lequel aura gagné à l'heure de votre mort ? Et vos yeux, vos yeux sont aussi durs que les charbons qui brûlent à petit feu. Ils ne sont pas plaisants. Des yeux qui inquiètent tout autant qu'ils attirent. On les sent sur soi longtemps après vous avoir quitté. Ils n'abondent pas de tendresse. Ils n'ont, à toute heure, d'autre intention que de percer les voiles et violer les intimités. Cela ne m'offusque pas, maître Johannes. Tout au contraire : servez-vous de ces yeux-là pour peindre mon visage. Je vous l'assure, vous n'en serez qu'un plus grand peintre. Et aussi, j'allais l'oublier ! faites l'image de moi avec cela, comme la convention le veut. »

D'un seul geste ôtant la dentelle amidonnée de sa coiffe, le voile de lin brodé de perles, les peignes d'ivoire piqués dans le bandeau de feutre, laissant s'écrouler sur le long du cou qui jette un éclat de lait toute une chevelure d'ombre dorée, massive, à peine ondulée, qui lui couvre bien plus que les épaules, atteint presque ses hanches dans une opulence de féminité qui vous cisaille le ventre.

« Ils n'ont pas été coupés depuis l'âge de mes seize ans et vous êtes le premier homme à les voir ainsi dénoués. »

39

Il y eut peu de mots tandis qu'il déployait les battants de la *camera lucida*, en réglait les volets et le miroir. Elle le regardait s'activer avec attention. Un peu de plaisir aux lèvres, sans rien montrer de la morgue d'une victoire, ce dont on lui sut gré.

On expliqua que la première pose serait suivie d'autres, qu'il faudrait réaliser différents dessins, jauger de la position de ces croquis dans le col de la robe avant d'en obtenir un poncif convenable. Elle approuva d'un battement de cils qui ne ruina pas sa posture. Une Doña Isabel souple de caractère et patiente.

On insista cependant. Tout cela pouvait prendre beaucoup d'heures, jusqu'au milieu de l'après-midi peut-être. Elle répondit que les heures de ce jour n'ont pas d'importance, maître Johannes, au moins jusqu'à celles de vêpres où je devrai aller à la chapelle prier avec mes dames, comme vous-même.

Bientôt on ne s'occupa plus que de la lumière et du visage, un peu vers la gauche, ma Dame, en relevant le menton, non pas autant s'il vous plaît, en inclinant la tempe gauche, oui. Et vos cheveux, ma Dame, sur l'épaule droite.

Elle ne posa pas de questions sur le fonctionnement de la *camera lucida*, montra moins d'exaltation que

Yacintha lorsqu'il en ressortit avec un premier croquis haut de quatre pouces et large d'à peine trois mais si précis que l'on comptait les cils ou les ridules de ses lèvres.

Elle le laissa affirmer qu'il ne convenait pas, le menton et le front trop levés, produisant une arrogance excessive, la chevelure pas si bien répartie qu'il le faudrait, en ce cas, maître Johannes, recommençons comme il vous plaira.

Il y eut un peu de gêne lorsqu'il demanda s'il pouvait, de ses propres mains, disposer ses cheveux. Elle se moqua d'un regard, remarquant après qu'il ait commencé que, maître Johannes, vous n'êtes pas seulement le premier homme à voir mes cheveux dénoués, mais aussi le premier à les toucher.

Lui rougissant et non elle.

Il cacha son embarras dans la *camera lucida* où la pose nouvelle nécessitait un réglage nouveau du miroir.

Néanmoins, la lourde douceur de la chevelure laissa un souvenir dans ses paumes et sur ses doigts. Il se peut bien qu'à cet instant et pour la première fois on se mît à douter que Doña Isabel fût la pucelle qu'elle voulait tant paraître. Le piquant du regard, là-bas, dans le fauteuil aragonesque, même amoindri par le tain du miroir, aucun valet de peinture ne l'aurait fait surgir des yeux d'une vestale.

40

Plus tard, alors qu'il fixait une quatrième feuille de papier enduit sur la paroi de la *camera lucida* devenue une étuve à peine respirable, Doña Isabel se mit à raconter qu'autrefois sa mère venait chaque jour ici, dans cet atelier. C'était alors un dortoir pour des nonnes dévouées au souvenir de saint Paul l'ermite qui demeura soixante années dans une caverne du désert afin de vaincre la tentation de la chair. Aussi les religieuses qui entraient ici n'en ressortaient plus. Jusqu'à leur mort, elles priaient pour la résurrection de l'âme admirable de ce saint. Leurs cellules, minuscules, à peine plus grandes que votre *camera lucida*, maître Johannes, et pareillement faites de cloisons de bois, s'alignaient là, tout au long du mur. C'est pourquoi cette pièce est si vaste. Les murmures des prières résonnaient de l'aube à la nuit. Parfois ils ne cessaient pas même avec l'obscurité. Ma mère venait y joindre les siennes presque chaque matin. Doña Philippina était laide et pieuse. Très laide et très pieuse. Mon père le roi lui était très infidèle, comme on peut l'imaginer. Doña Philippina s'en consolait avec les canoniales selon le rituel de Salisbury. Je vous parle d'il y a bien des années, j'étais une enfant. La raison de la réclusion de saint Paul, le martyre de ce beau jeune homme tout entier dévoué à l'amour de Dieu, pieds et poings liés sur une couche et livré aux caresses impudiques d'une exquise jouvencelle, je l'ignorais. Je ne l'ai apprise que bien plus tard dans le livre du Maître de Voragine. Savez-vous que ce beau jeune homme se trancha la langue de ses propres dents afin d'empêcher l'impudique jouvencelle d'ériger la dure preuve de sa faiblesse, dit encore Doña Isabel, jetant avant de se taire un rire léger dont elle a le secret et dont on ne sait que penser.

Mais quand on s'extrait tout suant de la *camera lucida*, le dessin à la main, c'est avec sérieux qu'elle suggère :

« La chaleur est tout à fait étouffante, maître Johannes. Ne craignez pas de vous mettre en chemise. »

Ce qu'on ne fait pas. Ce dessin-là est le bon. Elle l'accorde sans beaucoup regarder.

« Je vous laisse libre de votre jugement, maître Johannes. Il sera le bon. Ne croyez pas que je vais vous harceler de mon opinion. De même, je ne viendrai pas voir votre ouvrage lorsque vous l'aurez achevé. N'en soyez pas fâché. Il sera admirable mais je n'en éprouverai malgré tout aucun plaisir. D'ailleurs ce portrait ne doit aller qu'entre vous et Bourgogne, selon votre contrat que je n'ai pas l'intention de détourner. »

Comme on est stupéfait, s'essuyant le front d'un chiffon qui pue la térébinthe et l'huile de lin, elle est debout, le visage tout aussi étincelant de perles de sueur que de ce sourire dont on ne sait quoi penser.

« Je ne peux pas quitter cette place les cheveux ainsi dénoués. Si vous vouliez m'aider à les reprendre sous ma coiffe. Mes dames m'en relèveront le chignon tout à l'heure. »

41

Dès l'aube du lendemain, Johannes peignit le portrait de l'infante qui le regardait le peindre, les yeux dans les yeux. Il travailla sans peine, sans retouche, sans remords. Ce visage de reine moqueuse, face à lui dans le col de la robe, il avait eu toute la nuit et toute l'insomnie nécessaire pour en mesurer le sens et le formidable achèvement.

Pourquoi n'en avoir pas eu la pensée soi-même ?

Par la seule cause de la convention ? De la norme ou la coutume, qui voulaient que seul Dieu puisse, dans une image, regarder celui qui le regarde ? La convention, la norme ou la coutume ne concernaient que les images de religion, non les visages d'humains, fussent-ils duc ou infante, valet ou putain.

La vérité, je le sais, est sur le visage de l'infante. Sur le visage de Doña Isabel, vue en voyant. Doña Isabel ouvrant en si grand la porte de l'affirmation de soi qu'elle en laisse souffler le vent de l'abîme d'où surgissent les humains depuis qu'Ève et Adam ont acquis la jouissance de la connaissance.

Et je le sens ce souffle, moi qui peins. Moi qui tiens la mine de plomb, la pointe d'argent, le pinceau ou la plume. Il souffle dans le regard qui me regarde, qui bientôt regardera celui qui se postera à ma place pour contempler ce portrait, les yeux dans les yeux de Doña Isabel.

Ainsi sans fin. Sans fin, d'un regard à l'autre. D'une face à l'autre, comme réfléchies dans une *camera lucida* possédant une infinité de miroirs, se reflétant sans fin. Sans autre fin que celle des hommes.

Ainsi arrêtant le temps dans tous les temps. Échangeant le temps. Apprenant, éprouvant d'un regard à l'autre que rien du temps des hommes, jamais, n'est achevé ou conclu, que tout est présent. Aujourd'hui ne finira que demain et hier a commencé dans la nuit du temps.

Ainsi que les flots de la chevelure accrochée au squelette dessous la terre sont les filaments de la naissance, le présent imputrescible de la beauté engendre des aujourd'hui, ainsi qu'ondoyait sur la poitrine de Doña Isabel sa chevelure, ainsi qu'hier, en frôlant sa nuque, on avait deviné plus qu'imaginé ses seins petits et serrés sur leur sillon.

Une poitrine dont peut-être bien, comment le savoir, nul homme n'avait encore tété le lait du temps.

42

Un grand panier contenant des oranges, des cédrats, des fraises, des cruchons de vin noir et blanc, une paire de bottes en cuir d'agneau enveloppées dans un châle de soie vert et rouge.

Un chevalier, âgé de cinquante ans ou plus, en jaquette de drap, accompagné de jeunes servantes, presque des enfants, apporta ces présents le surlendemain, tandis que le crépuscule rougissait le ciel au-dessus des collines grésillantes.

Le chevalier expliqua, dans cet anglais auquel Johannes s'était accoutumé, que tout cela venait de la part de l'infante.

Johannes fit transmettre à ma Dame l'infante l'émotion de sa surprise et de sa reconnaissance.

Avec une ironie qui dévoila son peu de dents, le chevalier répondit que Doña Isabel ne doutait pas de sa reconnaissance. Elle était cependant trop loin pour l'entendre. Hier, déjà, elle avait quitté Sintra pour Castillo de la Guardia, sa résidence de montagne où elle supportait les grandes chaleurs de l'été.

Avant de suivre le chevalier dans le jardin, les servantes accomplirent quantité de révérences, dévorèrent des yeux le valet de peinture chemise ouverte et chausses sans bas, la table recouverte d'essais, la grande image peinte de l'infante, les cloisons closes et mystérieuses de la *camera lucida.* Dehors, leurs rires résonnèrent avant le grincement de la porte qu'elles franchirent en courant.

Alchimia ! Alchimia !

43

La lune était pleine, l'obscurité de la nuit lumineuse comme du mercure. Johannes avait éteint chandelles et lumignons. La seule vue des flammes accroissait encore la chaleur que le vent venu de la mer Océane n'apaisait plus qu'à peine.

Il songe que, demain, il ira se rafraîchir dans les vagues. Il en a le désir depuis bien longtemps mais s'est privé de ce plaisir tant que le portrait de l'infante n'était pas achevé. Ce qui est fait.

Il porte les bottes en cuir d'agneau à même ses pieds nus et ses mollets nus. Il est d'ailleurs presque nu en entier, avec seulement un linge noué autour de la taille à la manière des Larrons accompagnant le Fils de Dieu au calvaire.

La peau des bottes est d'une souplesse merveilleuse. De très loin les plus belles et les plus confortables qu'il ait jamais portées. Comment le cordonnier qui en a coupé et cousu le cuir a-t-il pu connaître la taille de son pied ?

Johannes boit le vin blanc, presque vert, de couleur comme de goût, offert par l'infante. Un vin qui empêche de dormir mais fait oublier la canicule.

Pour l'oublier plus encore, il songe à la glace de janvier dans les Flandres, au plaisir d'avancer tout emmitouflé, la neige crissant sous les bottes. D'autres bottes que celles qu'il porte cette nuit, bien trop fragiles pour affronter le gel du Nord.

Se souvenir du Nord et des Flandres invite la pensée de Marguerite. Toutes les pensées qu'il n'a pas eues d'elle depuis des jours. La lettre qu'il a cessé d'écrire, le poème latin qu'il n'a pas achevé de traduire.

Aestus fervet humus... L'humus gorgé des fièvres de la chaleur, ardeur de lave qui calcine les oiseaux...

Il n'en éprouve aucun remords, plutôt un soulagement. La surprise, le bonheur que Marguerite aura en découvrant les visages qu'il va peindre désormais, les yeux dans les yeux, lui tire un petit rire solitaire d'homme qui a trop bu.

Que l'infante soit déjà repartie pour la montagne ne l'étonne pas vraiment.

Qu'il ne la revoie pas avant très longtemps et peut-être même pas avant qu'elle devienne Bourgogne à son tour, ne l'étonnerait pas non plus.

Car Bourgogne, désormais, il est certain qu'elle le deviendra. Le portrait d'elle que Monseigneur va découvrir le dit en grand.

Elle supportera la neige et la boue du Nord bien mieux que des bottes d'agneau. Cela se lit aussi sur le visage qu'il a peint.

Ce qui ne s'y lit pas, même les yeux dans les yeux, c'est la vérité dessous sa cotte.

Comme on l'avait expliqué il y avait fort longtemps à messire André, durant leur voyage jusqu'ici, le visage que je peins appartient d'abord à une jeune fille ou une femme dont j'ignore l'état. Qu'elle ait perdu son pucelage n'en corromprait ni la beauté ni la fraîcheur. Parfois bien au contraire !

À Monseigneur on pourrait le dire ainsi : la vérité

cachée sous la cotte de Dame l'infante est aussi bien cachée que le miroir de Johannes Van Eyck dans la *camera lucida* !

Cette comparaison le ravit. Il en rit tout haut et longtemps, de son rire de valet de peinture qui a trop bu.

Alchimia ! Alchimia !

QUATRIÈME PANNEAU

Nul ne saura

1

En ce vingt-troisième jour du septième mois de l'an mille quatre cent vingt-neuf après la résurrection du Christ, nu en entier, la tête recouverte d'un chapeau de paille à bord immense, Johannes barbote avec délice dans la mer Océane. Assis dans l'eau peu profonde, fesses et couilles caressées délicieusement par le halètement de la houle, il y demeure jusqu'à en avoir la peau des doigts aussi plissée que celle d'un bébé. C'est alors qu'un cheval et un cavalier surgissent du bois d'oliviers qui longe la plage sur près d'une lieue.

Bête et homme s'avancent sur sable. Ils vont au pas. Le soleil du matin et ses reflets sur la mer éblouissent si fort qu'on ne peut distinguer de quel cheval et quel cavalier il s'agit.

Parvenu tout proche, l'homme immobilise sa monture et fait un geste de la main.

« Holà ! Maître Johannes… »

Cette voix se reconnaît sur-le-champ.

« C'est moi, Makhiel. »

Johannes se met debout, agite les bras, oublie qu'il est nu.

« Ah ! Messire le page Makhiel ! »

Il rit, se rend compte de sa nudité, la couvre de son chapeau.

Makhiel rit avec lui, saute de son cheval, agile, les pieds joints dans son ombre.

« On m'a dit que je vous trouverais ici dans l'eau. »

Le page Makhiel, tout vêtu de lin blanc. Il n'a rien oublié de son emploi, lace d'un coup de poignet désinvolte les rênes de sa jument sur le pommeau de selle, se dirige vers une souche où pendent chemise et chausses de son maître, le valet de peinture de Monseigneur.

« Non, non ! Laisse donc mes vêtements ! Viens me rejoindre ici. Tu dois avoir cuit ton content sur les chemins. »

Makhiel en semble tout interdit, flatte d'un geste d'embarras le col de sa jument qui encense. Johannes insiste, allons ne fais pas de manières, ôte tes bottes et tout ce que tu veux. Tu vois bien que je suis nu.

Makhiel se décide en riant, quitte bottes et chausses mais pas sa chemise. Il entre dans la mer. Il a changé. Son teint a fortement bruni. Il ne porte plus son chaperon bleu à aiguillettes mais un curieux chapeau plat de coton rouge, plissé, roulé et serré de cordons de cuir retenant des rabats vert et jaune qui lui protègent la nuque et les oreilles. Il semble aussi avoir perdu un peu de sa légèreté, à moins que ce ne soit la difficulté d'avancer dans la houle. Quelque chose, cependant, de plus homme dans sa manière retient la familiarité de son sourire tandis qu'il s'éclabousse jusqu'à la taille.

Johannes lui ouvre les bras et l'étreint affectueusement.

« Cela fait bien longtemps. »

2

Makhiel n'était pas sans confusion d'avoir enlacé son maître tout nu et humide. Johannes relâcha l'embrassade, reprit sa place dans l'eau et demanda ce que le page avait fait de lui-même durant tout ce temps, raconte-moi par le menu !

Makhiel s'assit à son tour dans la mer avant de répondre, y chercha son aise, mouilla son chapeau bizarre, le replaça sur son front. L'eau limpide ruissela sur son visage, laissa derrière elle un scintillement de gouttelettes agrippées aux poils roux de sa barbe de deux ou trois jours. Les reflets de dagues jetées par la houle l'obligèrent à plisser fortement les paupières.

« Comme vous m'avez quasiment congédié, que pendant plusieurs jours nous ne savions plus même où vous étiez et que je m'ennuyais à Lisbonne, messire André et messire Baudouin m'ont demandé de repartir au-delà des Pyrénées afin que j'en rapporte de fraîches nouvelles des affaires de Monseigneur qui ne nous parvenaient guère ici. Messire Baudouin enrageait tout particulièrement de ne rien savoir d'Orléans. Je ne revins que le lendemain de la Saint-Antoine. Là, on m'a ordonné d'attendre votre convocation. Si jamais elle vient, a dit messire André. Il était de fort mauvaise humeur. Il craignait de perdre sa jambe qu'il venait de briser dans une chute de cheval. Votre billet m'est parvenu avant-hier. Ainsi donc le portrait de Dame l'Infante est achevé. »

Johannes ne répondit pas à ce qui pouvait être une question. Ils prirent le temps de se mouiller à nouveau le visage. Makhiel fit une remarque sur la beauté de l'endroit, ajouta que messire André avait peut-être bien raison en affirmant qu'on vous traite avec la plus grande douceur, maître Johannes.

Cela les fit rire. Johannes s'inquiéta aimablement de la santé de messire André.

« Sa jambe le fait moins souffrir de jour en jour. Mais il en restera bancal.

– J'en suis bien triste pour lui. Ce voyage l'aura durement malmené.

– Et lui, il est très courroucé contre vous. Il assure que vous outrepassez les ordres de Monseigneur, que vous vous êtes éloigné pour soigner votre gloire auprès de l'infante et de ses frères. Que Monseigneur Dom Duarte a pour vous des égards qu'on n'a pas pour lui, qu'au contraire il est traité bien lestement et non pas à la hauteur de son rang. Toutes ces choses. Mais quoique grommelant, il a rondement mené la discussion avec Monseigneur l'Infant pour obtenir le contrat des épousailles. »

Ainsi le parchemin était bel et bien signé, souligna Johannes en contemplant la belle immensité de la mer. Makhiel confirma qu'il l'était depuis au moins deux semaines.

« Vous ne le saviez pas ?

– L'écrin qui rend jaloux messire André est doux mais loin de tout. Je ne sais rien de plus que si j'avais été enfermé depuis des mois, ce qui est presque vrai.

– Tout a été accompli selon les vœux de Monseigneur. Il est convenu qu'en septembre l'union entre les deux époux sera sanctifiée par une messe dans la cathédrale de Lisbonne, après quoi, Doña Isabel prendra la mer avec plusieurs des seigneurs de sa cour pour Bruges, où Monseigneur l'accueillera pour les fêtes du mariage. »

Makhiel se signa, précisa que cette cérémonie dans la cathédrale de Lisbonne était indispensable.

« Au cas où il arriverait malheur à la nave de l'infante. À Dieu ne plaise qu'arrive pareille épreuve ! »

Johannes s'étonna que l'infante doive aller en nave, et pourquoi pas par la route comme nous sommes venus nous-mêmes ?

Makhiel eut ce visage grave, d'un sérieux un peu comique que Johannes lui avait déjà vu quelques fois.

« Les routes de France ne sont plus sûres pour nous autres, les gens de Monseigneur le duc. Moi-même, avec le portrait de l'infante et les copies des documents d'épousailles, je vais devoir quitter Lisbonne en nave bien que les vents d'été ne soient pas favorables et que l'on m'assure qu'il me faudra au moins deux mois de navigation. »

Les paupières plissées dans l'ombre de son grand chapeau, Johannes demanda :

« Raconte.

– C'est que Dieu a choisi cette pucelle Jeanne. Celle qui affirme que la Vierge Marie en personne est venue lui parler et lui ordonner de sauver le roi Charles… Le sauver et le sacrer roi dans l'église de Reims ! Au jour d'aujourd'hui, c'est peut-être déjà accompli. »

Makhiel ne pouvait s'empêcher d'être Makhiel. Avec fascination et un peu de souffrance, il raconta par le menu toutes les fables qu'on lui avait colportées sur la Pucelle d'Orléans. Comment elle avait reconnu Charles parmi ses gentilshommes, s'était cuirassée pour affronter elle-même les grands routiers de Bedford, les Suffolk et Talbot, comment elle avait insufflé de l'espoir là où il n'y en avait plus, poussant à la victoire des mâles aussi rudes que des sangliers, les La Hire, Poton de Xaintraille, Dunois le Bâtard et tant d'autres, et elle, l'étendard dans sa poigne de pucelle de Domrémy, puisqu'on savait maintenant que c'était de là qu'elle venait, l'épée dans l'autre, galopant en armure et bassinet comme si elle avait chevauché en chevalier depuis sa naissance, fendant les défenses, frôlant les boulets, les piques de remblais, négligeant les ciels de flèches, elle avait taillé en charpie les Anglais à Meung, Jargeau et Beaugency, brisé tout entier le siège d'Orléans et enfin convaincu messire l'archevêque Regnault de faire entrer Charles le septième dans la cathédrale de Reims.

« N'avais-je pas raison de le pressentir dès Dijon : Dieu a choisi ! »

Johannes laissa ses mains, paumes et doigts fripés, se balancer sur les vagues. Il n'avait rien à répondre à pareilles affirmations. Le page était désormais bien apte à suivre tout seul la logique de ses pensées et n'avait aucunement l'envie d'en être détourné. D'ailleurs, après un moment de silence qui dut lui paraître long, Makhiel offrit un sourire vaillant et assura encore :

« Je vois, maître Johannes, que vous faites toujours comme si Monseigneur n'était pas l'allié de Bedford. Pourtant nous sommes ici pour cette alliance anglaise, après tout. Messire Baudouin, lui, a bien failli briser l'ambassade, tellement il était furieux d'apprendre la défaite des Anglais à Orléans et le futur sacre du roi de Bourges. Il allait partout en gueulant que Bedford n'était qu'un couard, qu'il avait toujours pensé que Monseigneur devait se garder des pucelles, les jeunes comme les vieilles. Que les femmes sont comme les routes et qu'on sait mieux où elles mènent avec un peu d'usage. Des mots qui sont parvenus aux oreilles de Dom Duarte et peut-être même de Dame l'Infante, si bien qu'il a été demandé à messire Baudouin de reprendre le chemin des Flandres. Il a répliqué qu'il y galoperait avec la plus grande joie, lui qui depuis longtemps se demandait ce qu'il était venu faire dans une cour où les seigneurs n'affrontaient dans leurs tournois que des vaches pomponnées. Le soir même il était en route. »

Le rire de Johannes fut plein de légèreté et d'amusement sincère. Il posa sa main sur l'épaule de Makhiel, se dressa tout ruisselant.

« Fais-moi de la place sur ta belle jument. Je vais te montrer ce que moi je suis venu faire ici. »

3

Makhiel n'eut aucune peine à s'ébaubir devant le jardin d'agrumes, les rosiers, le vaste atelier, la douillette alcôve. D'autant que ce confort s'offrait sous son meilleur aspect. Tout y était rangé, nettoyé, les coquillages propres, les planches à peindre et la *camera lucida* déjà remisés dans le grand coffre de peinture. Un atelier où l'on ne travaillait plus, beaucoup moins puant qu'il l'avait été.

Johannes poussa Makhiel devant l'image peinte de la robe dressée sur un chevalet et contempla avec plaisir messire le page qui s'ouvrait grande la bouche avant de bégayer, les mains jointes : la robe, la robe !

Johannes tira l'un des cruchons de vin vert offerts par l'infante d'un seau d'eau fraîche. Le vin s'écoula joyeusement dans les gobelets tandis que le page s'exclamait que nul, assurément nul, n'avait rien vu de pareil, ici ou ailleurs dans tout le monde. Et lui désormais ne regardait plus une image peinte avec autant d'innocence ou de désinvolture. Les leçons du voyage, maître Johannes ! Ce velours, ces fils d'argent ou d'or, ce miracle de la lumière, ce miracle de votre adresse, ces perles, ces dentelles, ces satins, on les sentait dans sa main comme si on pouvait les effleurer pour de bon.

« Savez qu'à Lisbonne on ne parle que de ça ? De

vous et de vos images peintes ? On y chuchote à grand bruit que vous vous servez de secrets qu'ignorent les peintres ordinaires. Les dames ou les seigneurs de l'entourage de Monseigneur Dom Duarte affirment qu'il n'a même pas été utile que l'infante pose une seule fois devant vous. On dit que vous savez extraire le reflet d'un visage pour le reproduire comme une seconde peau et que l'infante en a été si effrayée que c'est la raison pour laquelle elle est demeurée voilée chaque fois qu'elle vous approchait. »

Un enthousiasme qui possédait autant de sincérité que de moquerie, l'une à l'autre fort bien mêlée. Johannes sourit gentiment en retour, lui tendit un gobelet. Makhiel remercia, affirma encore :

« Monseigneur en sera tout aussi ébloui que nous. Sans compter le visage de l'infante. On y devine une bien grande dame. Avec un grand caractère. Ce sera un soulagement pour Monseigneur et peut-être bien un dépit pour nos dames de Hesdin ou de Bruges. »

Avec un petit rire mi-figue mi-raisin tandis que Johannes allait s'asseoir dans le fauteuil aragonesque. Il y but une gorgée et déclara :

« Ce n'est pas ce portrait que tu donneras à Monseigneur mais celui-là, sur la table, à ta gauche, sous le tissu damassé. »

Makhiel ôta le tissu et redevint tout sérieux. Muet d'abord, il contempla la copie. Puis constata l'évidence :

« Elle me regarde ! »

4

« Elle me regarde, moi et tous ceux qui vont la voir. Elle va regarder Monseigneur droit dans les yeux avant même de s'incliner devant lui pour leurs épousailles ! »

Le malin Makhiel. Remarquant encore, la figure au bord d'un reproche :

« Assurément elle est belle, plus belle que dans le grand portrait. Mais on se sent tout dérangé de regarder ainsi quelqu'un qui n'est qu'une image et vous regarde au fond des yeux. Croyez-vous que Monseigneur aimera cela ? »

Johannes répliqua doucement :

« A-t-il besoin de l'aimer ? »

Et sans laisser le page répondre à sa question :

« Tu diras à Monseigneur que cette image de l'infante est au plus près de sa volonté, que j'y ai mis le plus de justesse dont je suis capable. Tu lui remettras une lettre de ma main qui lui en dit plus, si tu ne la perds pas. »

Makhiel l'écoutait, les yeux rivés au petit portrait. Ou ne l'écoutait plus. Il auscultait le visage de l'infante avec minutie, l'approchait tout près de ses yeux pour mieux en discerner la finesse des détails. Makhiel plein d'attention et cette fois l'esprit pointu.

« Maître Johannes, vous n'avez pu peindre ceci sans ce que vous appelez votre *camera lucida*. »

Johannes acheva son gobelet, le tendit et ordonna :

« Ressers-nous, messire le page. »

Makhiel reposa le portrait de Doña Isabel et remplit son office. Les yeux bien droits dans ceux de Johannes, il interrogea :

« Me pensez-vous toujours espion ?

– Bien sûr.

– Vous vous trompez.

– Tant mieux.

– Vous me croirez si je vous dis la vérité ?

– Quelle drôle de question, ami Makhiel.

– Riez si vous le voulez : votre ami, je le suis. Et votre page. Et rien d'autre. Espion, on m'a demandé de l'être, c'est vrai. Mais je ne le suis pas.

– Qui est ce "on" ? Monseigneur ?

– Oh non ! Pas Monseigneur. Monseigneur vous aime, quoi que vous vous obstiniez à croire. Messire Nicolas Rolin.

– Messire le chancelier ? Tiens !

– Il agit de concert avec Monseigneur l'évêque de Dijon. Avant notre départ de Lille, on m'a fait venir devant des gens d'Église fort savants. Ils m'ont assuré qu'il n'existe aucune *camera lucida* de par le monde. Ce que vous appelez ainsi ne peut l'être. Ce nom est un masque sous lequel vous dissimulez une *camera osbcura* et une pratique secrète. Un prêtre du nom de Witelo, savant en algèbre, a écrit un ouvrage au temps des papes de Rome où il dévoilait le mystère des reflets. Il y est dit qu'on peut extraire des images de la réalité pour les déplacer dans l'obscurité à l'aide d'un miroir convexe cylindrique. Sauf que nul n'a su reproduire la démonstration de ce Witelo. Que ce soit en Italie, en Flandre ou en Angleterre. Jamais personne. Sauf vous, maître Johannes. Vous qui appelez cela une *camera lucida*. »

Johannes souriait. Makhiel but la moitié de son vin. Ce que cachait ce sourire, moquerie, tendresse ou pur dédain, le page Makhiel aurait donné bien cher pour le savoir.

« C'est ce qu'ils croient. Que vous avez trouvé le moyen de transformer la "chambre obscure" de Witelo. Ils voudraient être certains que votre procédé est bien chrétien. Car après tout, disent-ils, ce que vous faites, c'est transformer l'ombre en lumière. Ce qui ne saurait être que l'œuvre de Dieu. On dit aussi que vous avez des amis fidèles qui œuvrent dans les secrets de l'alchimie. Selon Monseigneur l'évêque de Dijon, ce qu'il advient devant un athanor, le Malin en est toujours un peu le maître. »

Johannes prit le cruchon des mains du page, le vida dans les gobelets avant de demander :

« Que vas-tu leur répondre ?

– La vérité vraie : je n'ai pas vu votre *camera lucida*. J'en ignore tout et ne sais pas même comment elle est faite. Vous ne vous en êtes jamais servi devant moi. Qu'en pourrais-je dire ?

– Le chancelier se moquera de toi.

– Que non. Messire Nicolas n'aime pas la confiance que Monseigneur vous accorde. Il est jaloux et sournois, mais ne voudra jamais déplaire à Monseigneur en se montrant gratuitement votre ennemi. Si Monseigneur a besoin de vos belles images, que peut-il faire d'autre que les admirer lui aussi ? »

Le malin Makhiel à nouveau.

« Et moi, que te dois-je pour tant de franchise et d'amitié ?

– Rien. J'appartiens à Monseigneur, c'est vrai, mais de cœur je suis avec vous plus que vous ne l'imaginez. Même si cette affection vous importune ou vous porte à la moquerie.

– Ah, messire le page Makhiel ! »

Se seraient-ils de nouveau enlacés tout nus dans l'eau de la mer Océane qu'ils n'auraient pas été plus encombrés, l'un autant que l'autre, par leurs sentiments.

Johannes quitta le fauteuil aragonesque avec brusquerie, saisit le page par la nuque. Riant avec lui de la sottise avec laquelle on bâtissait le monde, il le repoussa vers la table pour y ouvrir une caissette doublée de cuir.

« Il y a quelque chose que je peux faire pour ton plaisir. »

Il sortit de son étui le portrait de Marguerite peint à Toulouse. Le page poussa un grand « Ah ! » puis un « Doux Jésus ».

Johannes lui plaça entre les mains le visage de Marguerite encadré d'une nervure d'or veinée d'ocre.

La voix mouillée par le vin, le page Makhiel avoua :

« Depuis l'instant où vous l'avez peint devant moi, ce visage m'est revenu dans la cervelle chaque nuit avant mon sommeil. »

Les doigts de Makhiel effleurèrent les yeux et le sourire de Marguerite.

« Tu vas l'emporter avec toi, messire le page. Tu iras l'offrir de ma part à celle qui en est le modèle. C'est le visage de ma sœur Marguerite que tu tiens là. »

Makhiel mit un peu de temps, comme s'il n'avait pas entendu, avant de relever le front. De nouveau il murmura « Doux Jésus », la face tout illuminée, ainsi qu'un enfant au sortir d'un beau rêve.

5

Il est assis dans le fauteuil aragonesque. Il fera bientôt nuit noire. La flamme d'une seule chandelle vacille près d'une bouteille de vin. Cela suffit. Il n'y a rien à voir. Le grand coffre de peinture est désormais clos sur ses secrets, le grand portrait de l'infante serré dans une caisse, la malle de vêtements ceinturée de courroies de cuir. Ce qui fut un lieu de prière et un atelier sent désormais le rance et le vide.

Il boit le vin noir, vin du soir, vin de l'infante.

Des jardins du château, il perçoit le chant d'une musique, des vibrations d'instruments sur lesquels, là-bas, on danse. Sur lesquels il devrait danser comme les autres s'il se vêtait de l'habit d'été tout neuf qu'il s'est fait coudre et enfilait ses belles bottes d'agneau.

Par secousses brèves, la musique est tout à fait audible. On peut en reconnaître les instruments, flageolet ou chalumeau, flûtes et viole d'amour.

S'il allait danser là-bas où l'on s'étonne de son absence, il aurait sans doute les yeux des dames pour lui. Leurs yeux, leurs mots, leurs parfums. Leurs lèvres et les chambres claires de leur corps s'il y mettait un peu de volonté.

D'aller danser, faire le beau, le Maître Johannes, cela le démange un peu. Mais il ne parvient pas à quitter le fauteuil aragonesque. À abandonner le vin noir de l'infante.

Des fêtes, il y en aura bientôt plus que de besoin, nobles, lumineuses et riches. À Lisbonne, à Bruges, à Lille, partout où sonneront le temps des épousailles. Le vin noir porte à l'indécision et aussi à un peu d'amertume sans raison. Et à sursauter, à pousser un grognement d'effroi lorsqu'on entend, tout en même temps, un frôlement sur le sol et sa voix.

« Je ne voulais pas vous effrayer, maître Johannes. Votre chandelle n'éclaire pas bien loin. »

6

Elle entre dans l'orbe de lumière orangée, s'avance tout près. Elle porte une grande capeline blanche, les cheveux retenus d'un voile et noués d'un cordon. Elle ne montre ni surprise ni gêne devant sa tenue, pourtant sa chemise est un chiffon qui mérite la lessive et, maintenant qu'il est debout, on peut s'apercevoir qu'il n'a qu'un linge autour des fesses. Elle lève haut sa main de femme de vingt ans pour le faire taire avant qu'il donne du « ma Dame » :

« Je ne suis pas un fantôme, maître Johannes, et quoi qu'on vous en ait dit, je ne suis pas encore partie à la montagne. Je suis demeurée car j'ai quelque chose à vous demander. »

Ce n'est que lorsqu'elle se tait qu'il prend conscience de son ton. Elle chuchote. Elle a un regard qu'il n'a encore jamais vu, peut-être dû au peu de lumière. La prunelle immense, dévorant tout l'iris, aussi obscure que la nuit dans le jardin au-dehors, cependant brillante, aussi vernie qu'un charbon sous la pluie. Elle dit encore, dans le même chuchotement :

« Ce que vous avez fait avec Dame Yacintha, je veux que vous le fassiez avec moi. »

Pour être bien certaine de se faire comprendre, son regard désigne l'alcôve.

Il n'a plus de souffle dans la gorge.

Elle murmure :

« Yacintha m'a dit que vous le faisiez presque chaque jour, moi je vous le demande une seule fois.

– Ma Dame !

– Une seule fois, maître Johannes. La première fois, c'est tout ce que je vous demande. Demain vous partez pour Lisbonne où l'on vous fêtera comme le prince des peintres, et moi je serai à Castillo de la Guardia. Nous ne nous reverrons pas avant longtemps, pas avant que je sois Bourgogne. Et lorsque je serai Bourgogne, maître Johannes, vous serez mon valet de peinture tout autant que celui de Monseigneur. Nous serons tout autres, vous et moi. Aussi je vous le demande ce soir, une seule fois, maintenant.

– Oh, comment pourrais-je, ma Dame ?.... Ce que vous demandez, comment le pourrions-nous ?

– Est-ce si compliqué ? Regardez. »

Sans faire un pas pour s'écarter, alors qu'ils sont tout près, tenus dans la lumière et dans leurs chuchotements, elle dénoue sa capeline, sous la capeline dénoue le simple cordon qui retient sa chemise. Elle les laisse glisser dans un souffle de tissus. Dénoue encore son voile et tombent aussi ses cheveux. Elle les repousse pour qu'il puisse bien l'admirer maintenant nue autant qu'Ève, elle chuchote regardez, maître Johannes, vous qui savez peindre un visage après un seul regard, n'aurez-vous pas besoin d'une Ève, ici ou là ? Ne pourrez-vous vous payer ainsi de cet effort que je vous demande ? Mon corps n'est-il pas aussi agréable à voir que celui de Yacintha ? Vous voyez, de ne pas en avoir usé Dieu peut-être m'en a remercié. Un corps qui n'a pas mon âge. Vous pourrez le peindre dans un grand ouvrage de foi avec un autre visage. Qui le saura ? Non, taisez-vous, ne protestez pas, vous devez comprendre, qui d'autre que vous le pourrait, il n'est pas possible que ce soit lui qui touche ma peau en premier, qui touche ces seins, en décide de leur fermeté, les trouve trop petits ou seyants. Et ce ventre ? Il n'est pas possible que ce soit lui qui entre dans mon ventre en premier, maître Johannes. Je ne peux pas l'imaginer. Ce serait comme s'il pouvait vraiment me posséder, me monter pour ses tournois de chambre ainsi qu'une jument offerte par mon père et mes frères. Comprenez-vous ? Je ne veux pas être vierge lorsqu'il me touchera, c'est impossible. Mais vers qui d'autre que vous pourrais-je me tourner, maître Johannes ? Vous qui avez peint ma robe et mon visage, vous qui êtes entré dans mes yeux. S'il vous plaît, donnez-moi la main, prenez cette chandelle, allons dans votre alcôve, nul ne saura.

7

Et dans l'alcôve elle se tient encore dans la lumière pour qu'il puisse bien la voir, bien voir ce corps qu'elle lui offre. Elle a raison, il s'est trompé, un corps qui n'a pas son âge mais celui du souvenir de l'adolescence. Les épaules droites et courtes, les aisselles aussi tendres et délicieuses que la nuque, les seins petits aux tétons nacrés, tendus haut dessus le ventre bombé, les hanches aux aines creusées comme des nids, la toison un duvet pareil à une fumée, les cuisses longues, nerveuses, les genoux fragiles.

Il n'est pas facile d'ôter à son tour sa chemise, ce linge ridicule sur sa queue tendue, d'être un homme nu qui révèle le sang qui tape dans ses reins, frappe les tempes et la poitrine alors qu'on ne devrait pas même ouvrir les yeux, tandis qu'elle ne dit pas que c'est la première fois qu'elle voit un sexe d'homme brandi, ce manche de l'homme, cet outil qui la maintiendra épouse. Elle ne confie pas ce qu'elle en a imaginé durant toutes ces années où les hommes ont imaginé sa virginité. Elle le regarde nu. Elle voit qu'il ne sait que faire de lui-même. Elle se place sur la couche comme elle pense que cela conviendra le mieux. Encore que rien ne soit plus difficile que de s'agenouiller là, devant elle. Peut-être bien qu'on cesserait de bander sur-le-champ si elle ne murmurait dans un sourire que l'on a déjà peint :

« J'y ai songé plus d'une fois, maître Johannes. J'y ai songé chaque fois que Yacintha m'a raconté son plaisir. Et vous aussi, je le sais, vous y avez pensé en touchant mes cheveux. Ne craignez rien. Ne soyez pas comme ce pauvre jeune homme qui s'est tranché la langue et pour qui on priait entre ces murs. Je vous en prie, approchez-vous. Touchez-moi. Vous avez l'odeur de la mer. Ne craignez pas ma douleur, elle est ma volonté. Ne craignez rien. Nul ne saura. »

Ouvrant ses cuisses, offrant la courbe de ses fesses et la lumière de son sexe.

La vérité de sous sa cotte.

À lui, il lui faut encore être maladroit, s'avancer à genoux, s'effarer de ce qu'on accomplit, de cette grande beauté d'un corps de femme que l'on a devant soi comme un festin, du tremblement de crainte qui soudain ouvre la bouche de l'infante alors que butent leurs sexes, alors qu'il imagine la voix de Monseigneur, à part vous nul ne saura, maître Johannes. Il y a Dieu et après il y a moi, maître Johannes. Et il y a vos images peintes, ces vérités que vous savez dissimuler sous les robes, dans les *Mappa Mundi* et les Ève, ces images qui font de moi un grand prince et vous, par ma volonté, le prince des peintres dans les siècles à venir.

Et Monseigneur a raison car, dans la poussière retombée des temps, au jour d'aujourd'hui où s'écrivent ces mots, il ne demeure de la vérité de cet instant que le recensement des naves qui quittèrent Lisbonne un matin d'automne pour franchir les tempêtes de Noël devant la ville de Bruges rebâtie pour une fête qui n'eut pourtant pas lieu. Non, ni fête ni grandes cérémonies d'épousailles en ce jour où l'infante Doña Isabel devint Bourgogne. Bien qu'il s'y trouvât des princes, seigneurs et barons, comme l'écrivit maître Chastelain le chroniqueur pour que l'on se souvienne de cela au moins. Et aussi qu'au banquet du soir, Coquinet et un mouton peints en bleu jaillirent tout vivants d'un pâté. Monseigneur n'était pas là. Il dînait en privé dans sa chambre avec Dame Maria Crombbrughe, le nez dans sa toison d'or dont il ne s'était pas encore lassé.

Alors on imagine, on imagine, tandis que la douleur de Doña Isabel mêlée à celle de son gland fait serrer les dents de Johannes et perler ses paupières, tandis que le sexe beau et clair demeure infranchissable, qu'elle agrippe les poignets de l'homme pour qu'il ne se retire pas, ne fuie pas d'effroi, on imagine le rire de Marguerite qui vient sauter au cou de son frère. Tu es là, enfin tu es là ! On imagine le rire soyeux de la sœur qui dit oh, le benêt que tu m'as envoyé avec le portrait, oh ce Makhiel ! Qu'il est tendre, gentil et fou. Sais-tu qu'il m'imagine en rêve le transformant d'un regard en un cédrat confit afin qu'ensuite je le gobe ?

« Ma sœur ma fiancée, un cœur est pris par toi d'un seul de tes yeux », dit le Livre.

Il y a maintenant de la fureur dans les coups de reins qu'il donne les yeux clos, agrippé aux hanches de l'infante tandis qu'il imagine comment il la dessinera, hanches plus longues et plus amples, jusqu'à la bizarrerie, la vérité des hanches et du ventre dilatée hors de la raison, avec le détail de sa chair, le reflet de nacre à la pointe de ses seins, cette ombre d'ambre dans ses aréoles, avec ces menus et infinis détails qui sont l'écho, peut-être, du paradis, et alors ce qui sera peint avec le corps de l'infante ne le sera pas avec la vue et des pinceaux mais avec le monde en entier, avec tous ses jardins, son haleine puante, monstrueuse, et ses caresses.

Le cri de Doña Isabel n'est pas plus fort que ses chuchotements mais Johannes s'interrompt, le souffle court, le goût du sang dans la bouche comme s'il avait baisé ce qu'il vient de déchirer.

Il leur faut un instant pour reprendre leur souffle. Puis Doña Isabel lève les bras pour lui saisir les épaules et enfin la nuque. Elle murmure venez, maintenant venez en moi, maître Johannes, si le cœur vous en dit. Nul ne saura et ensuite vous pourrez aller danser.

Novembre 2003
Oughterard, Tendacayou,
Laubard, Paris, Oughterard.

Table

DU MÊME AUTEUR

La Falaise
Bernard Barrault, 1987

L'Orage des chiens
Bernard Barrault, 1987

La Peau de l'autre
Bernard Barrault, 1988

Bâtards
Bernard Barrault, 1991

De beaux jours pour aimer
Flammarion, 1994

Le Galop de l'ange
Robert Laffont, 1996

L'Almanach des vertiges
Robert Laffont, 2009

Le Divan de Staline
Seuil, 2013

SOUS LE PSEUDONYME DE A.B. DANIEL

Inca
Vol. 1 : La Princesse du soleil
Vol. 2 : L'Or de Cuzco
Vol. 3 : La Lumière du Machu Picchu
XO, 2001

Reine de Palmyre
Vol. 1 : La Danse des dieux
Vol. 2 : Les Chaînes d'or
XO, 2005

Les Roses noires
XO, 2007

L'Enfant venu d'ailleurs
XO, 2010

RÉALISATION : NORD COMPO À VILLENEUVE-D'ASCQ
IMPRESSION : CPI BRODARD ET TAUPIN À LA FLÈCHE
DÉPÔT LÉGAL : AOÛT 2013. N° 112573. (73283)
IMPRIMÉ EN FRANCE

« LES GRANDS ROMANS » DE POINTS
DES ROMANS QUI TRAVERSENT L'HISTOIRE

La Rose pourpre et le Lys
Michel Faber

Dans les bas-fonds de Londres, à la fin du XIXe siècle, les hommes ne jurent que par Sugar, une prostituée sulfureuse et cultivée. William Rackham, riche héritier, en tombe éperdument amoureux et décide de l'entretenir. Sugar est sauvée de la misère, et bien décidée à ne plus y retourner. Mais face à la médiocrité d'une petite bourgeoisie moralisante, parviendront-ils à braver les interdits?

« *Dans* La Rose pourpre et le Lys, *Michel Faber peint, avec des mots contemporains, une somptueuse fresque victorienne. Comme un écho londonien à* La Comédie humaine, *de Balzac.* »

L'Express

« LES GRANDS ROMANS » DE POINTS
DES ROMANS QUI TRAVERSENT L'HISTOIRE

Un jour de colère

Arturo Pérez-Reverte

Le 2 mai 1808, Madrid se soulève contre les troupes napoléoniennes. En quelques heures, hommes et femmes, soldats et artisans s'arment de haches et de couteaux pour affronter l'occupant. Face à l'armée la plus puissante du monde, ils déversent leur colère dans un bain de sang, durant une journée qui a marqué à jamais l'histoire de l'Espagne.

« C'est tellement fort et précis qu'on y est complètement. On tremble, on a les yeux qui saignent sous les coups de sabre. »

Le Point